不意に彼女は大きな瞳を輝かせて叫んだ。
「フラットシェア!」
佐伯さんと、
ひとつ屋根の下
I'll have Sherbet!
1
九曜
Illustration : フライ
佐伯さんと
ひとつ屋根の下

「むー」
「きゃっ」
ちょっとHな君といっしょに……

「じゃ、おやすみぃ……」
「弓月くん、お風呂あいたよ」

「珍しい。恭嗣《ゆきつぐ》がこんなところまで私に会いにくるなんて」
温度の低い声と、
睨むような目つき。
かと言って、別に怒っている
わけではなく、これが
宝《ほう》龍《りゅう》美《み》ゆきのデフォルトだ。

# 佐伯さんと、ひとつ屋根の下

I'll have Sherbet! 1

九曜

FB
Famitsu Bunko
ファミ通文庫

口絵・本文イラスト／フライ

# 佐伯さんと ひとつ屋根の下 1

## CONTENTS



I'll have Sherbet

# 第一章　「おもしろくなってきたわ」と彼女は言った

I'll have Sherbet!

## 1.

春の足音が聞こえてきた三月の下旬。

新年度から高校二年生になる僕は、本日よりひとり暮らしをはじめることになっていた。

受験勉強を勝ち抜き、いま通っている有名私立校である水《みず》の森《もり》高校に合格したが、通学は県をまたいで電車で二時間弱。さすがにこれでは生活をいろいろと圧迫してしまう。なので、学校の近くでひとり暮らしをしたいと、両親を説得した。

時間はかかったものの何とか親を説き伏せ、今日のこの記念すべき日を迎えたわけである。

学園都市――それがこの街の通称だ。

その通称と同じ名前の駅を中心にかなりの数の小中学校と高校、大学、専門学校が存在している。また、街自体も景観を重視してデザインされているらしく、幅の広い道路と余裕のある歩道、それを彩る街路樹など、とてもきれいな街だ。まぁ、少々田舎で、むりやり拓《ひら》いた感もないではないけれど。

この街に僕はスクータでやってきた。

もちろん、遠くて時間もかかった。が、実家で愛車に埃《ほこり》をかぶらせておくよりは、手元において足として使ったほうがいいだろうと思ったのだ。

僕の住まいとなるアパートは二階建てで、白壁の洒落《しゃれ》た意匠をしている。ここの二階が僕の部屋だ。

僕がきたときには、すでに引っ越しのトラックが着いていた。

よく見ると、僕が頼んだのとは別の業者のトラックもあった。奇《く》しくも同じ日に誰かが、このアパートに入るようだ。

「今日はよろしくお願いします」

僕はスクータを停《と》め、半キャップのヘルメットを脱いでから業者に挨拶《あいさつ》をした。

「あ、いや、それはいいんだけどな……」

ところが、応じた引っ越し屋の責任者らしき男性はどこか歯切れが悪い。

「先客がいるんだよ、これが」

「そのようですね」

僕は別の業者のトラックに視線をやった。

「そうじゃなくて、兄ちゃんの部屋なんだ、その先客っていうのが」

「は？」

僕は改めてアパートを見上げた。もうひとつの引っ越し屋は、僕が入る予定の部屋にせっせと荷物を運んでいるらしい。

「ちょ、ちょっと待っててくださいっ」

僕はすぐさま走り出していた。

アパートの階段を駆け上がる。途中、業者のロゴ入りの作業服を着た男の人とすれ違った。

二階に上がると左右にふたつあるドアのうち開け放たれたままになっているほうに飛び込む。そこが今まさに荷物の搬入が行われている部屋であり、今日から僕の住まいになるはずの部屋だ。

「すみませーん」

声をかけながら玄関を上がる。

と、そこにははっとするような見目麗しい女の子がいた。

美少女と表現しても差し支えないだろう。歳《とし》は僕と同じくらいか。春らしい明るい色のワンピースに身を包んでいる。長い髪は明るい茶髪。でも、ブラウン一色ではなく、よく見れば絶妙な濃淡がついていた。

彼女はリビングに立って運ばれてくる荷物の置き場所を業者に指示していた。僕に気づき、こちらを振り返る。

ぱっちりと大きな目に、黒目がちな瞳《ひとみ》。

「はい？」

そして、澄んだ声音。

彼女は首を傾《かし》げながら、短く返してきた。

「えっと、ごめん。君は？」

僕はその容姿に目を奪われながらも、どうにか問いを投げかけた。

「わたしは佐伯貴理華《さえききりか》。今日ここに越してきたの。あなたは近所の人？」

「いや、僕もここに引っ越してきたんです」

「ここ？」

「そう。ここ。この部屋です」

僕らはしばらく黙って互いの顔を見た。頭の痛くなる事態に発展しそうな予感をひしひしと感じる。

やがて先に口を開いたのは彼女——佐伯さんのほうだった。

「そんなはずないわ。ちゃんと下見までして決めたのよ」

「僕も同じです」

下見にきたのは確かにこの部屋だった。

「わかりました。不動産屋に確認してみましょう」

僕は携帯電話をポケットから取り出した。

十数分後、案の定、僕らはリビングで頭を抱えていた。

不動産屋に問い合わせたところ、どうやら何かの手違いで僕と佐伯さんの両方と契約してしまったらしい。……いったいどんな手違いだ？　まぁ、聞いても無駄だろうけど。

そんなわけで今、僕らは話し合いの最中だった。

手には近くの自動販売機で買ってきた缶コーヒー。缶のコーヒーは趣味ではないのだが、こういうときはこれが無難なチョイスかと思い、買ってきた。少し気持ちが落ち着いてきた。

§§§

ふたつの引っ越し業者には、一旦《いったん》外で待ってもらっている。

リビングにはまだほとんど何もなかった。ダイニングキッチンには冷蔵庫や電子レンジといったものがいくつか運び込まれているが、今はストップ。何もないリビングで、僕はベランダに続く全面窓にもたれ、佐伯さんは段ボール箱のひとつに腰をかけていた。

「ねぇ、名前は？」

佐伯さんが聞いてきた。そう言えばまだ名乗っていなかったな。

「僕は弓月恭嗣《ゆみづきゆきつぐ》です」

「『ゆ』と『き』がふたつずつ。それに『つ』と『づ』。面白い名前」

「そういう君は『き』が連なってますね」

「ええ。アメリカではキキと呼ばれてたわ」

アメリカ？　アメリカにいた経験があるのだろうか？

先ほど聞いた佐伯さんの簡単な自己紹介によると、彼女はこの春から高校一年生なのだという。僕のほうがひとつ年上だ。

「さて、どうするか……」

当面の問題として、この部屋にどちらが入居するかを話し合わなくてはいけない。不動産屋が当事者同士で決めてくれと言ったのだ。もちろん、こちらの手違いだから、弾《はじ》き出《だ》されたほうには責任を持って別の部屋を探すとも言っていたが。

「佐伯さん。ひとまず実家に戻ることは？」

「それはちょっとむりだと思うな」

それを皮切りに、彼女は身の上を話しはじめる。

曰《いわ》く、彼女はついこの間までアメリカに住んでいた帰国子女なのだそうだ。このたび父親のアメリカ勤務も終わり、日本へ帰ってくることになったのだが――でも、それは今年の夏の話。ならば彼女だけでも先にということで、佐伯さんは両親に先駆けて帰国した、とのこと。確かに中途半端な時期に帰ってきて編入するよりは、今が区切りとしてちょうどいいだろう。

もちろん、アメリカに渡る前に住んでいた家があり、父親の海外勤務が終わればそこに帰ることになるらしい。だが、彼女を家族のいない家に追い返すというのも少々抵抗があった。

「弓月くんは？」

「僕は……」

正直、せっかく摑《つか》みかけたひとり暮らしの機会を逃したくない。

それに加えて実は、ほかの部屋を探すという不動産屋の言葉にはまったく期待していなかった。ここは学園都市。この春からひとり暮らしをはじめる学生も多いだろう時期に、未《いま》だよい物件が残っているとは思えないのだ。僕だってそれを見越してかなり早くから部屋探しをはじめたのだから。

それに——、

（そもそも学校が遠い云々《うんぬん》は後付けの理由で、僕はあの家にいたくなかったのだろうな……）

虚空《こくう》に目をやり己を客観視すれば、今さらながらにそう思い至った。

「ま、似たようなものですね」

おかげでついつい自嘲《じちょう》してしまう。

と、そこでじっと僕を見つめる佐伯さんの視線に気がついた。

「どうかしましたか?」

「ううん、何も。……あ、でも、いいこと思いついた!」

　不意に彼女は大きな瞳を輝かせて叫んだ。


「フラットシェア!」

「は?」


「日本じゃルームシェアって言ったほうがいいのかな?」

ようやく彼女の言わんとしていることがわかってきた。

「ちょっと待ってください」

「ううん、待たない。だってそうじゃない。わたしも弓月くんもここを譲りたくない。だったら結論はひとつよね」

　佐伯さんはぴょんと飛び跳ねるようにして立ち上がった。

「部屋もちょうどふたつあるわ。それをそれぞれひと部屋ずつ使って、このリビングとキッチンを共用スペースにするの。ね、いいアイデアだと思わない？」

確かにいろんな問題を一挙に解決する名案ではあると思う。ただし、代わりに発生する倫理的、道徳的な問題を別にすればの話だ。

「おもしろくなってきたわ」

「……」

おそらく彼女は僕の問題提議に耳を貸すことはないだろう。

おおらかだ。

あまりにもおおらか過ぎる。アメリカみたいな国土の広いところに住んでいると、心もおおらかになるのだろうか。

こうして僕らのルームシェアが決まったのだった。

2.

その後は佐伯さんの独壇場だった。

やけにいきいきしはじめた彼女は、自分と僕の荷物を見比べ、次々と共用スペースに置くものを決めていったのだ。

それぞれが用意してきたものには、当然ながら重複するものがけっこうある。冷蔵庫や電子レンジといった家電製品から、テーブルのような調度品まで。それらを見比べていいほうを使うようにした。尤《もっと》も、僕が持ってきたものは安ものばかりで、概《おおむ》ね彼女が用意したもののほうが立派だった。僕の側から採用されたものといえば、拘《こだわ》って選んだコーヒーメーカーくらいなものか。後はぜんぶ実家に送り返した。

共用スペースであるキッチンとリビングを整えるのに、結局、夕方までかかった。佐伯さんが「角度がダメ」とか「間隔が気に喰《く》わない」とか、神経質なほどものの配置に拘ったからだ。僕ひとりならもっと早くすんだに違いない。

しかし、そのせいかとても落ち着いた雰囲気に仕上がっていた。やはり女の子だ。

その作業が終わり、僕は自室に這入《はい》る。

そして、愕然《がくぜん》とした。

部屋にはまったく荷解《にほど》きされていない段ボール箱がいくつもあったからだ。リビングのほうにかかりっきりで、私物には一切手をつけていなかったのだ。

「これから第2ラウンドか……」

ぜんぶとは言わないまでも、せめて今日中に寝られるくらいにはしないと。

「でも、一旦休憩だ」

僕は床に座り、段ボール箱にもたれた。足を伸ばし、深いため息を吐《つ》く。箱に頭を乗せるようにして天井を仰ぎ見、今日のことを振り返る。


新生活がはじまる記念すべき日。

でも、不動産屋は契約のダブルブッキング。

そこに降って湧《わ》いたルームシェアの話。

しかも、相手はとびきりの美少女ときた。


「美少女、ね……」

悪い冗談だ。もう勘弁してくれ。僕は再び暗澹《あんたん》たるため息を吐く。


と、そのとき、ドアがノックされた。

「はい」

答えておいて床から腰を上げる。

僕が自分の手で開けるよりも先にドアが開けられた。そこからひょっこり姿を現したのはもちろん、佐伯貴理華だ。

「弓月くん、休憩中？」

「さすがに疲れました」

「じゃあさ、休憩がてら外に出ない？」

佐伯さんは期待に目を輝かせながら提案した。

「それに何か食べないと」

「あぁ、確かにお昼抜きでしたね」

午前中から食事もせずに、片づけにかかりっきりだった。それを改めて認識した途端、急に腹が減ってくるのだから人体とは不思議なものだ。

「じゃあ、行きますか」

「やったぁ。案内よろしくっ」

彼女は飛び跳ねんばかりに喜んだ。

僕らはさっそく倉庫のような部屋を出ると、きれいに整えられたリビングを抜けて外へ出た。ふたりでアパートの階段を下りていく。

ひとまず学園都市の駅に向かうことに決めた。佐伯さんの見たいもののほとんどが駅前のショッピングセンターにあるからだ。電器屋も見たいと言っていたが、このへんの電器屋といえば郊外型の家電量販店しかなく、そこは駅とはまったく別方向なので、また日を改めることにした。

§§§

駅前のショッピングセンターに着くと、まずはレストランに入った。

時刻は午後五時。

夕食には早いけど、昼食抜きだった僕らには丁度いい。

それぞれ注文をすませ、交替でドリンクバーに飲みものを取りにいく。僕はアイスコーヒー、佐伯さんはメロンソーダだった。

彼女がグラスを高く掲げた。

「では、今日はお疲れ様でしたー」

「お疲れ様です」

グラスを合わせて乾杯。

僕は喉《のど》を潤してから口を開いた。

「それにしてもいきなりルームシェアすることになるとは思いませんでしたよ」

「あ」

佐伯さんが驚いたように目を見開き、自分の口を掌《てのひら》で覆った。

「ごめん。いやだった？　そう言えばちゃんと相談しなかったかも」

「……」

何を今さら。

「ここまでやっといて白紙に戻すわけにもいかないでしょう。僕はもう諦《あきら》めてますよ」

それに彼女の話だと、夏には両親が帰国するわけだから、それまでの期間限定同居になる可能性だっておおいにある。

「それよりも問題は君のほうでしょう。いいんですか、今日会ったばかりの男とルームシェアなんて」

「んー。なんとなく弓月くんなら大丈夫かなって思った」

「根拠は？」

「直感」

「……」

信用されていると喜ぶべきか、舐《な》められてると怒るべきか。苦笑いしか出てこない。

「佐伯さん、春休みの間の予定は？」

「特になし。四月二日の入学式が最初のイベントかな？」

普通にそんなところか。このあたりの学校の入学式がたいてい四月二日だというのは、学園都市に関《かか》わる人間の基本的な知識だ。

ふと僕は目の前の女の子が、四月からどこの高校に通うのか知らないことに気づいた。

アパートを中心に徒歩の通学圏を想定してもいくつかの学校が候補に挙がるし、駅に出てそこからバスというアクセスまで含むと、市内ほぼすべての学校に可能性がある。お嬢様学校として有名な茜台《あかねだい》高校かもしれないし、看護の専門学校かもしれない。


「あ、そうだ」

僕の思考を遮って、佐伯さんが何かを思い出したように声を上げた。

「できたら弓月くんがこのあたりを案内してくれたら嬉《うれ》しいかも」

「……」

「ダメ？」

彼女は小首を傾げながら尋ねる。かわいらしい仕草だ。

「ま、それくらいならいいでしょう」

僕とてここが地元というわけではないが、それでも一年通い続けている分、佐伯さんよりは学園都市に詳しい。案内してあげるのが務めかもしれない。それに僕だって行っていないところがある。この休み中に見て回っておくのもいいだろう。

そこで注文したものが運ばれてきて、僕らは半日ぶりにまっとうな食事を口にした。

§§§

食事を終えると、ショッピングセンターを少し見て回り、それからスーパーに寄ってから帰路に就いた。

帰宅後は第2ラウンド。手つかずのままになっている自分の部屋の片づけだ。

持ってくるものをかなり厳選したつもりだったけど、それでも荷解きにはけっこう時間がかかった。なかなか終わりが見えてこない。

夜も更けてきたころ、夕方と同じようにドアがノックされた。

「どうぞ」

手が離せない状況だったので、作業をしながら返事をした。

ドアの開く音。

「弓月くん、お風呂沸いたよ」

背中で佐伯さんの声を聞く。

「お先にどうぞ。僕はもう少し片づけておきたいので」

「じゃあ、そうする。……覗《のぞ》くなよぉ？」

「覗きませんよ」

「む。素っ気ない反応。面白くないの」

どうやら僕はご期待に副《そ》えなかったらしく、佐伯さんの口調《くちょう》には若干不満の色がにじんでいた。

「これくらいで動揺してたら、このさき身が保《も》たないでしょうからね」

特に佐伯貴理華という女の子は、どうもひと癖《くせ》あるように思える。気をつけないと。

そのまま作業を続けていたが、背後の気配が消えることはなかった。まだ部屋の入り口に立っているらしい佐伯さんに問いかける。

「どうかしましたか？」

「一緒に入る？」

「っ⁉」

さすがにこれには平常心を保てなかった。危うくつんのめって、段ボール箱に頭から飛び込みそうになる。

「これから一緒に暮らすわけだし、親交を深めるのって大事だと思うなー。だったら、お風呂ってちょうどいいんじゃない？　学校の水着くらい持ってるでしょ？」

「な、何を……」

本気か？　と、振り返れば、彼女はぎょっとしている僕を見て、してやったりとばかりに笑っていた。また僕をからかっていたらしい。

僕はため息をひとつ。それからバスルーム方向を指さす。

「……莫迦《ばか》なこと言っていないで、早く入ってきなさい」

「はーい」

佐伯さんは逃げるようにして出ていった。

目測を誤ったな。どうやらもう少しばかり彼女の言動に対する警戒が必要なようだ。……まったく、何を考えているのやら。僕が変な気を起こすことだって十分に考えられるというのに。

今のやりとりは努めて頭から排除し、作業を続けた。

§§§

さて、かれこれ一時間ほどがたったころだろうか、部屋を出てみるとリビングに佐伯さんの姿はなかった。彼女の部屋のドアに目をやる。たぶん部屋は無人。ということは、まだ風呂か。長風呂だな。まぁ、女の子ならこんなものか。妹もこんな感じだし。

リビングにはテレビとローテーブル、それに座椅子《ざいす》がふたつある。僕のはリクライニングがついただけの簡素なもの。佐伯さんのは肘掛《ひじか》けや回転機能がついた立派なものだ。

僕は自分の座椅子に腰を下ろした。

足を伸ばし、手を腹の上で組む。テレビは点《つ》けない。静寂の中で大きく息を吐いた。

コーヒーが飲みたいと思った。だけど時間が中途半端だ。たぶん今日中に飲み切れない。コーヒーを美味《おい》しく淹《い》れるにはある程度まとまった量を作ったほうがいいし、余って翌日まで置いたものは味が落ちる。今日のところは我慢しておこう。

程なくして、背後でリビングのドアの開く音がした。

「あ、ごめん。弓月くん、もしかして待ってた？」

「いえ、そんなことは。ついさっきまで部屋で片づけをしていましたから」

僕はそのままの姿勢で答えた。

「そう。よかった」

佐伯さんの声に軽い足音が重なる。部屋に入るようだ。その姿が僕の視界の隅に映ったとき。

「な……っ」

危うく僕は座椅子ごと後ろにひっくり返りそうになった。

彼女は体にバスタオルを巻いただけの姿だった。

「なんて格好をしてるんですかっ」

「ご、ごめーん」

佐伯さんは自室のドアに身を隠し、顔だけを覗かせながら謝った。濡《ぬ》れた髪と、わずかに見える肩と鎖骨が艶《なま》めかしい。

「家族と一緒に住んでたときの癖で。明日からちゃんと着替え持ってくから」

そう言うとドアはパタンと閉まった。

「……」

僕はけっこう動じない性格なのだが、今日は驚かされてばかりだ。やはり彼女といる間は意識的に心の強度を上げる必要がありそうだ。僕はそれを再度認識した。

3

バタバタと新しい生活を整えているうちに三月が過ぎ去り、すぐに暦は四月になった。

そんなある日の朝。

「弓月くん、グッモーニンッ」

未だベッドの中の僕を起こすのは、佐伯さんの元気な声。同居がはじまって以降、こうして佐伯さんが僕を起こしにくるのが日課になりつつあった。

時間をかけて瞼《まぶた》を開けると、彼女の顔が目の前にあった。僕の頭の左右に手を置き、覗き込むようにして見下ろしている。これもいつものこと。その顔は、笑顔のときもあれば真剣な表情をしているときもあり、日によって違う。

そして、今日はというと、とびきりの笑顔だった。

その笑顔のわけも気になるが、今はもっと気になることがあった。

「佐伯さん、いま何時ですか？」

僕の時間感覚が正しければ、いつも起こしにくる時間よりもかなり早いはずだ。

「八時前？」

「やっぱり。……早いです。なんでそんなに早いんですか？」

「だって今日は入学式だもん」

あ、そうか。そういえば今日は四月二日だったな。つまり、学園都市にあるほとんどの学校の、ひいては彼女の入学式の日だ。

「どうぞ気をつけて行ってきてください。僕はもう少し寝ていますから」

しかし、それは僕には関係のないこと。寝返りを打ち、彼女に背を向けることでそれを態度で示した。

「わたしの制服姿、見たくないの？」

「そんなもの学校が本格的にはじまれば、いくらでも見れますよ」

対して朝寝は今この休み中にしかできない。

「むー……もういい。弓月くんに最初に見せようと思ったのにっ」

そう叩《たた》きつけるように言うと、佐伯さんはぱたぱたと部屋を出ていった。

僕は閉じていた目を再びぱっちりと開けた。上体を起こして入り口を見る。閉じたドアは佐伯さんが去っていったことを示していた。

見るくらい見てやればよかっただろうか……？

初めて着る制服。普通なら家族に見せるところだろうが、佐伯さんの場合はそれができない。僕が代わりに見て「似合ってますよ」とでも言ってやれば、彼女だって安心して学校に行けただろうに。

遠くに玄関の閉まる音をかすかに聞きながら、僕は少し反省した。

自責の念もあってか、二度寝することができず、僕はすぐに起床した。

朝食は佐伯さんが準備してくれていた。後はトーストを焼いて、コーヒーを淹れるだけでいい。相変わらず用意のいいことだ。

当初、佐伯さんはリビングやキッチンを共用スペースと表現した。だが、ふたをあけてみれば自分の食事は自分で作るルームシェアのスタンダードなスタイルではなく、家事の類は分担制となっていた。しかも、分担を決めるためのジャンケンで立て続けに勝った佐伯さんは、炊事に洗濯に掃除にと、次々と仕事をぶんどっていったのだった。僕の役割と言えば、自分の部屋の掃除と買いもののおともくらいのものか。

食事作りは佐伯さんの仕事。

でも、今日の昼食は僕が作って、帰りを待っていよう。

そう思いながら淹れ立てのコーヒーを啜《すす》った。

§§§

昼前、自室で一年生のときに使った教科書を整理していると、佐伯さんが帰ってきた。

「たっだいまー」

「ああ、おかえりなさい」

部屋の中から声をかけてやる。

広げていた教科書を簡単に片づけてリビングに出ると、ちょうど彼女の部屋のドアが閉まるところだった。

結局、彼女の制服姿を目にすることはできなかった。

僕に見せたいんじゃなかったのだろうか。それとも朝の僕の態度にまだ腹を立てているのか。

しかし、しばらくして部屋から出てきた彼女はというと、

「あー、疲れたぁ」

と、あっけらかんと言って、少なくとも怒っている様子は微塵《みじん》もなかった。

座椅子に腰を下ろしていた僕は佐伯さんを見上げる。

彼女はもう私服に着替えていた。ショートパンツにフード付きのパーカーだ。こうして改めて見ると、意外にすらりと長い脚をしているのがよくわかる。高校一年生にしては恵まれたスタイルをしているようだ。

「疲れたと言っても、入学式なんてただ座って聞いていればいいだけでしょうに」

「まぁ、普通はそうなんだけどねー」

普通は？　彼女の学校の場合は違うのだろうか。少なくとも僕の通う水の森高校では、座って聞いているだけの退屈な入学式でしかなかった。

ふと彼女の髪に白いものが乗っているのに気がついた。

「佐伯さん、頭に何かついてますよ」

「ん？　どれ？」

佐伯さんは頭のてっぺんに掌を乗せた。

「もっと左です。そっちじゃなくて反対」

僕が口で指示をし、それに従って彼女が髪を払ったり引っ張ったりしているのだが、なかなか上手《うま》く取れない。

「弓月くん、取って」

結局、佐伯さんは床にぺたりと座り込み、頭を僕のほうにずいと突き出してきた。髪が揺れて、ほのかに甘い香りが漂ってきた。

ついていた白いものを取ってやる。

「桜の花びらです」

「あ、ほんとだ。服着替えたりしたのに、それでも取れなかったんだ」

「ずいぶん好かれましたね」

薄いピンク色の花びら。

学園都市には桜が多い。入学式のシーズンにはいっせいに花を咲かせ、街全体が祝福ムードになる。僕も去年の今ごろ、満開の桜の下を通って入学式に臨んだものだ。

取った花びらを佐伯さんの掌にのせてやる。

「佐伯さんは髪がきれいだから」

「うん。よく言われる」

ブリーチなのかヘアマニキュアなのかは知らないが、佐伯さんの髪はきれいなブラウン。しかも、そこには絶妙な濃淡がついていて、それが光の加減次第で見せ方を変えるものだから見ていて飽きない。

「実はこの茶っちゃい頭、天然なの」

「へぇ」

これはまた神秘的な。

「きれい？」

佐伯さんが聞いてくる。

「きれいです」

「そっか」

彼女は照れたように笑った。

「よし。これは取っとこう」

我が家にやってきた桜の花びらを握り締め、立ち上がる。

「そんなもの取っておいてどうするんです？」

「いーのっ」

「君、小さいころ、松ぼっくりとかどんぐりとかを集めたりしてたでしょう？」

絶対によくわからないものを収集していたタイプだな。

「い、い、のっ」

しかし、彼女は逆ギレ気味に言い放って、自分の部屋に消えていった。

本当にあんなものを取っておいてどうするつもりなのだろうな……。

§§§

さらに一週間近くが過ぎ、ついに始業式の日がやってきた。

新年度のスタートが楽しみな気もするし、もう少し休みの中で怠惰な生活を享受していたい気もする。複雑な気持ちだ。

何はともあれ今日から高校二年生。

休みの間にクリーニングに出した制服に身を包み、リビングへ出る。

やや遅れて佐伯さんも自室から姿を現し、

「「あ……」」

そして、僕らはふたり同時に短い声を上げた。

彼女はブレザーに赤いチェックのスカート。その裾《すそ》から伸びる脚は黒いストッキングに包まれている。

僕はその制服に見覚えがあった。

毎日見てきた。

これからも毎日見るだろう。

それはまぎれもなく私立水の森高校の制服だった。

「あ、弓月くんと同じ学校だったんだ」

「そのようですね……」

佐伯さんは苦笑。

一方の僕はきっと、我知らず表情を険しくしていたに違いない。

# 第二章　「意味わかんない」と彼女は言った

I'll have Sherbet!

## 1.

一学期の初日、始業式の日。

僕と佐伯《さえき》さんが実は同じ学校だったことが判明したが、ひとまずふたり一緒に家を出る。

家の鍵《かぎ》はそれぞれがひとつずつ持っていて、今日の施錠は僕がした。

そうしてからアパートの階段を下りる。僕は佐伯さんの後に続き、彼女の背中を見下ろしながら歩いた。アパートの階段は確かに広いとは言えないが、ふたり並べないほどではない。それでも僕が後ろを歩いているのは、単に足取りが重かっただけだろう。反対に佐伯さんは軽やかに跳ねるように下りていく。

表に出たところで、僕の足はぴたりと止まった。……やはりやめておこう。

　佐伯さんが振り返る。

「弓月《ゆみづき》くん、行かないの？」

「本当に一緒に行くつもりですか？」

　僕は確認するように問う。

「うん。ていうか、行き先が一緒なんだから、わざわざ別々に行くほうがおかしくない？」

　尤《もっと》もだ。

　でも、はいそうですねといかないことだってある。

「悪いのですが、ここからはひとりで行ってください。僕もひとりで行きますので」

「えー、何それー。あ、もしかして、弓月くん、女の子と一緒に登校するのが恥ずかしかったりして」

「ご想像にお任せします」

　にやにやと笑う佐伯さんの横をすり抜けて、僕はひとり先を急いだ。

「え、ちょっと、それって冷たくない？」

　彼女が慌てて後をついてくる。僕は追いつかれまいと早足で歩いた。

「もとより僕は優しい人間ではありません」

「そんなことない！」

「……」

知ったふうなことを言ってくれる。

「僕はどういうわけか佐伯さんとは違う学校だと思い込んでいました。でも、同じ学校に通うなら話は別です。あまり一緒にいないほうがいいでしょう」

「ねぇ、理由は？」

なおも喰《く》い下がる佐伯さん。

「そのほうがいいからです」

「意味わかんない」

不貞腐《ふてくさ》れるように言った佐伯さんの声は、最初よりも少し離れていた。

僕は足を止め、振り返った。彼女も一瞬びくっと体を震わせるようにしてから立ち止まった。案の定、少し距離が離れかけていた。

「もう一度言います。あまり僕に近づかないようにしてください」

僕は最後通牒《つうちょう》のようにそう告げると、佐伯さんの返事も聞かず、その反応も見ず、踵《きびす》を返した。

§§§

私立水《みず》の森《もり》高校。

全国的にも有名な私立高校で、誰もが知っている国立や私立の大学にも毎年数名の生徒が合格している進学校だ。

去年、僕はここに入学した。主に通学と、学業に関してはきちんとついていけている。が、もっと別の方面で苦労した。ほか一点。通学に関してはこの春から解決しているが、代わりに厄介な問題を抱えてしまったような気がしなくもない。


校門が見えてくると、中の騒がしさが僕のところまで伝わってきた。校門を入ったすぐのところでクラス分けの紙が配られていて、皆それを見て誰と一緒になった誰と別々になったと一喜一憂しているのだろう。

僕も校門をくぐると同時に、さっそくその紙を一枚もらった。

水の森では二年生で文系理系に分かれる。僕は理系を希望した。理系クラスは少なく、全8クラス中3クラスしかない。どうやら僕は二年一組らしい。

「さて、同じクラスなのは……」

「弓月君」

クラス表を眺めていると名を呼ばれ――顔を上げれば、そこには気の弱そうな眼鏡の男子生徒が立っていた。

「矢神《やがみ》」

矢神比呂《ひろ》。

去年のクラスメイトだ。

「今年も同じクラスだね」

「そのようですね」

さっき自分の名前を探したときに彼の名も並んでいるのを確認していた。どうやら今年も変わらずクラスメイトらしい。

「俺もいるよ」

続けて寄ってきたのは滝沢《たきざわ》だった。

端整な顔に嫌味のないニヒルな笑みを浮かべている。

「前のクラスから一緒になったのは、男子では俺たちだけらしいな」

ただでさえ少ない理系希望者がみっつのクラスに分かれればそんなものか。

「女子は雀《すずめ》さんに――」

「矢神」

言いかけた矢神の言葉を、滝沢が窘《たしな》めるように遮った。

「あ、ご、ごめん……」

謝る矢神は、まるで誤魔化《ごまか》すように眼鏡を外して拭《ふ》いた。

「滝沢、気を遣わなくていいですよ。矢神も。もう終わったことですから」

矢神が言いかけ、滝沢が止めた名前。

それは——宝龍美《ほうりゅうみ》ゆき。

誰もが目を奪われるような美貌《びぼう》の女子生徒の名前であり、去年の僕にとって特別な響きをもつ名前だった。

「さて、さっさと教室に入りましょうか」

僕はふたりを促し、昇降口へと入った。

§§§

新学期の初日は、始業式とロングホームルームだけだった。

それらも特にトラブルもなく順調に消化され、僕が帰宅したのは十二時前。佐伯さんはまだ帰ってきていない。

僕はひとまず自室で着替えをすませ、それからキッチンでコーヒーメーカーをセットした。できるまで十分弱。僕はリビングの座椅子《ざいす》に腰を下ろした。

そこでちょうど佐伯さんが帰ってきた。

「ただいまー」

「おかえりなさい」

彼女はリビングを横切り、自室のドアの前にきたところで、僕をじとっと湿った目で睨《にら》む。そうしてから部屋の中へと這入《はい》っていった。

「……」

やれやれ、だな。

やがて再び姿を現した佐伯さんは、ミニスカートの私服に着替えていた。自分の座椅子に、ぼすん、と乱暴に座った。

しばし停滞。

その顔は心なしか頬《ほお》を膨らませて怒っているようにも見える。いや、明らかに怒っているのだろう。そんなにぶすっとしているとせっかくの顔が台無しだ。まぁ、見ようによっては、これもかわいらしくはあるのだが。

すると今度は、両の膝《ひざ》を抱え、座椅子の回転機能を使ってくるくると回りはじめた。子どもが拗《す》ねているかのようだ。

「佐伯さん」

「……」

「短いスカートでそんな座り方をすると見えますよ」

「見せてるの」

「……」

「……冗談よ」

それから再び足を下ろして僕を見据えた。

「何か学校で面白くないことでもありましたか？」

「ない。学校では。でも、行く前にはあった」

「……」

「ねぇ、理由……あるんでしょ？」

テーブルに身を乗り出すようにして聞いてくる。

「理由？」

「朝のこと。弓月くん、すごく冷たかった」

問われて僕は、一度ため息を吐《つ》いた。

「もちろん、ありますよ」

でも、そう言っただけで、次の言葉はあえて継がなかった。

再度の沈黙。

「おしえてくれないの？」

「言いたくありません」

僕はきっぱりと言い切った。

話していて面白いエピソードでもない。それが聞かされるほうとなればなおさらだろう。

「兎《と》に角《かく》、今の僕は学校や人前で女の子に優しくすることのできない人間です」

「わたしにも？」

「君にもです」

そんなことをすればきっと、回りまわって不快な思いをするのは彼女だろう。

「むー」

佐伯さんはまだ何か言いたげな目でこちらを見据えてくる。この様子では納得していないだろう。僕も納得させられるだけの説明ができているとは思っていない。むしろ何も言っていないに等しい。

やがて佐伯さんは、ひとまずは諦《あきら》めたのか、身を投げるようにして背もたれに体を預けた。

「……じゃあ、今、この家の中ならいいでしょ？」

「何がですか？」


「……優しくして」


不貞腐れたようにそんなことを言う。……いきなりそんなことを言われても、どうしていいかわからない。

そう言えば、コーヒーメーカーをセットしていたのを思い出した。

「佐伯さん、コーヒーでも飲みますか？」

そろそろできているころだ。

「苦いのはいや」

「では、カフェオレにしましょう」

彼女の子どもっぽい注文に思わず頬が緩んでしまう。

僕はこの同居人のためにコーヒーを用意すべく立ち上がった。

2.

それからしばらくは佐伯さんもおとなしくしていた。僕が家ではそこそこ普通に彼女と接しているからだろうか。

――そんないちおうの平穏を保った朝だった。

「グッモーニンッ、弓月くん！」

朝はいつも佐伯さんが起こしにくる。

これを爽《さわ》やかな朝だと思うか思わないかは個人差があるだろう。どうやら僕は意外に気に入っているらしい。

重い瞼《まぶた》を開けると、いつものように佐伯さんの顔があった。僕を見下ろしている。ひと声かけた後、僕が目を覚ますのを待っていたようだ。

「……おはようございます、佐伯さん」

「うん、おはよう」

彼女は笑顔を見せて返してきた。

「朝ごはんできてるよ。すぐにきて」

そう言うとベッドから離れ、ご機嫌な様子で部屋を出ていった。僕の返事を聞いただけで安心しているようだ。しかし、残念ながら今日の僕は意識が完全に覚醒《かくせい》しきるまでに、いつもより時間を要した。ざっと十分くらい。

それから着替えてリビングへ出ると、ショートパンツのラフな部屋着の上からエプロンをつけた佐伯さんが、目を三角にして仁王立ちしていた。

「遅《トゥ・レイツ》いっ！」

そんな彼女の声から逃げるように洗面所に行き、顔を洗った。

鏡を覗くと眠そうな僕の顔があった。尤も、眠そうな半眼についてはデフォルトで、それでも普段ならもう少ししゃんとしているのだが、今はその欠片《かけら》もない。

眠気覚ましにもう一度顔を洗ってからリビングに戻った。

「遅い。何やってたの」

そこに飛んでくる追撃。

「昨日は少し遅くまで勉強してたんですよ。その反動です」

言い訳を口にしながらテーブルにつく。朝食は和風だ。名づけるなら焼き魚定食といったところだろう。

「まっじめー」

「僕はそんなに頭がいいほうではありませんから。佐伯さんは？」

「わたし？　わたしの学力、知らない？」

佐伯さんは逆に聞き返してきた。

「知りませんよ。知るわけないでしょう」

「あ、そうなんだ。ま、そういうこともあるか」

僕の返事も当然のものだと思うのだが、なぜか彼女は虚《きょ》を衝《つ》かれたような反応だった。

しかし、その後、自らを納得させ、何ごともなかったように朝食を食べはじめた。


そうして登校時間。

「じゃあ、先に出るね」

きっちりと水の森高校の制服に身を包んだ佐伯さんは、そう断ってからリビングを出ていった。

が、すぐにまたひょっこりと顔を出す。

「あ、そうだ。もし学校で弓月くんと会ったらどうしたらいい？」

新年度の授業も本格的にはじまり、教室の移動などで校内を動き回ることが増えてきた。また、年間の行事として全校生徒が参加するイベントも予定されている。確かに思わぬところで顔を合わせる場面があるかもしれない。

「無視してください、僕のことは」

それが僕の回答だが、問題は佐伯さんがそれで納得するか、だ。

まだ佐伯貴理華《きりか》という女の子と知り合ってひと月とたっていないが、彼女の性格からしておそらくそれはないだろうと踏んでいる。むしろ今までよく僕の不明瞭《ふめいりょう》な言動と態度に我慢しているとみるべきで、そろそろ何かアクションを起こしてくるのではないだろうか。

「ふうん……」

案の定、彼女は不満を隠さない様子で、曖昧《あいまい》に返事をしてリビングを出ていった。実に不安になる態度だ。

初日以降、僕らは時間をずらして家を出るようにしている。僕の一方的な希望だ。たいていは佐伯さんが先で、僕が後。

ひとり残された僕は、コーヒーメーカーの保温ポットから、コーヒーをマグカップに注ぎ、立ったままそれを口に運んだ。

「……」

佐伯さんには悪いことをしている――そこは偽らざる僕の気持ちだ。

§§§

その日の昼休み。

教室で矢神と一緒に弁当（佐伯さん作）を食べた後、僕はひとり学生食堂に向かった。目的は自販機コーナーだ。

その自販機の前で滝沢と会った。

「滝沢、そっちももう食べ終わったんですか？」

「まあな」

二枚目な友人は短く答える。

滝沢は僕と違って昼食は学食派だ。彼も食べ終わって、飲みものを買いにここにきたのだろう。

「僕はいつも通りミルクティを買いにきました」

家ではコーヒー党の僕だが外——特に自販機で買うときは紅茶を選ぶ。どうも市販のコーヒーは口に合わないようなのだ。こうなるとあまり凝りすぎるのも考えものだな。

さっそく滝沢に背を向け、硬貨を投入口に放《ほう》り込んだ。

「最近楽しそうだな」

唐突に、滝沢がそんなことを言ってきた。

「そうですか？　自覚はありませんが」

「少なくとも俺にはそう見えるよ」

彼の声を背中で聞きながら、僕は取り出し口からミルクティの缶を摑《つか》み出《だ》した。

「宝龍との一件以来、お前はかなり塞《ふさ》ぎ込《こ》んでいたし、口数も少なかった」

「滝沢」

彼の言葉の終わりと僕の発音が重なった。僕は滝沢へと振り返る。

「僕が彼女を振ったんです。その僕が塞ぎ込む必要はないでしょう。振られた彼女なら兎も角」

「女を振ったことで自分も傷つく種類の男もいる」

そう言った滝沢は、僕と入れ違いに自販機の前に立った。買うのはいつも同じ銘柄の缶コーヒー。僕はその動作を黙って見ていた。

そうして彼が取り出し口から缶を取り上げるのを待ってから、僕は口を開く。

「僕はそんな人間じゃありませんよ」

「どうだろうな。ついでに言うと、俺はお前が彼女を振ったんじゃないと思ってるよ」

「……」

どうも旗色が悪い。

僕は缶のプルトップを起こし、喉《のど》を潤した。

「滝沢とこの手の議論をしても敵《かな》わないので、昔のことは忘れたことにしておきます」

「俺はそのひと言で、お前には敵わないと思うよ」

滝沢は苦笑交じりにそう言って、コーヒーを口に運んだ。

「そうだ、弓月。噂《うわさ》の新入生の話はもう聞いたか?」

それからふと思い出したように新たな話題を切り出してきた。先の話題はもう終わりのようだ。彼のこういう引き際のよさはありがたい。

「新入生? いいえ、僕は何も。面白い生徒でも入ってきたんですか?」

「ああ。入試のときの成績がずば抜けてよかったらしい。入学式には新入生の総代として挨拶《あいさつ》の言葉も読んでる。女子だ。しかも、かなりの美人ときた」

「それはそれは」

世の中不思議なもので、僕のように凡庸《ぼんよう》なやつも多いが、人より長《た》けた部分をいくつも持ち合わせている人間も探せばけっこういるのである。目の前にいる滝沢もそのひとりだろう。整った容姿に加え、頭もいいときている。

「まるで宝龍さんのようだ」

「そうだな」

宝龍美ゆきもまた成績優秀で、新入生の総代を務めたという話だ。そして、容姿については言わずもがな。

しかし、宝龍さんを褒めるような僕のこの受け答えを滝沢はあまりお気に召さなかったらしく、彼は短い言葉で流し、続けた。

「加えて、帰国子女らしい」

「……」

奇《く》しくも僕もひとり知っているのだが……。さて、帰国子女というのは一学年に何人くらいいるものなのだろうか。

「どうした？」

「滝沢はそういう話題が好きだなと思いまして」

僕は誤魔化すように言ったが、しかし、それもまたひとつの事実ではある。

滝沢は端整な顔をしていて、当然のように女の子から好意を寄せられることが多いが、彼自身はあまりそういう方面に興味がないようなのだ。そのくせ自分が当事者でない場合に限っては、その手の話が好きなのだから始末が悪い。

「ひとつはお前の気晴らしになればと思ってな」

「気を遣わなくてもいいのに。……それでほかには？」

「その噂の新入生がそこにいるんだ」

さすがにこれは予想外だった。このタイミングでミルクティを飲んでいたら吐き出していたかもしれない。

僕は滝沢が顎《あご》で示す先に目をやり、そして、その姿を見つけた。

そこにいたのはまぎれもなく佐伯さんだった。

友達と向かい合ってテーブルについている。手には自販機で買ったのであろうブリックパックのジュース。それを飲みながら楽しげに談笑している。

しかし、その様子は僕が知っているのと少し違っていた。


今の佐伯さんは、華やかだけど一歩引いたような、ひかえめでおしとやかな美少女といったふうだ。少女らしい隠しきれない快活さも垣間見《かいまみ》えるが、同時に子どもっぽさなどすでに卒業したような落ち着きも、その所作と居住まいから窺《うかが》うことができた。

僕はしばらくの間、その美少女に目を奪われた。


なるほど。これでいくつかの疑問が氷解した。彼女が入学式で妙に消耗して帰ってきたわけとか、僕が彼女の学力を知っていると思った理由とか。

それにしてもそこにいる少女は、本当に僕の知っている佐伯貴理華なのだろうか。彼女は友達の話を穏やかな笑みで聞き、そして、自分が話すときは冗談でも交えているのだろうか、相手の笑顔を誘っていた。家で見る佐伯さんとはずいぶんと違っている。

やがて彼女も僕に気がついた。やわらかく微笑《ほほえ》み、胸の前で小さく手を振ってくる。

僕はそれを他人事《ひとごと》のように見ていた。

「知り合いか？」

滝沢の声でようやく我に返る。

「まさか。滝沢に手を振ったんじゃないですか」

「相手の視線が自分に向けられてるかそうでないかくらいわかる。確かに彼女はお前を見ていた」

「気のせいですよ」

そう言って僕は佐伯さんに背を向け、滝沢を誘導するようにして学食を後にした。

このとき、僕は内心で頭を抱え、苦悩していた。朝、あれほど僕のことは無視するようにと言っておいたのに。

いや、ある意味では予想通りか。僕の望まない方向に、だが。

## 3.

四月も半分が過ぎようとしていた。

学校ではいつ何時《なんどき》佐伯さんが思わぬ行動をとるかわからない不安があるものの、家では実に平和だった。

「クラブ勧誘会？」

同居人である佐伯さんがフレンチトーストを焼いている横で、僕は皿を用意しながら聞き返した。

これはいよいよお馴染《なじ》みになりつつある朝の風景の中で、佐伯さんが口にした「今日は午後からクラブ勧誘会があるの」という台詞《せりふ》に端を発した会話だった。

「あぁ、そう言えばそうでしたね」

僕は佐伯さんの言葉でようやく今日がその日であることを思い出した。

要するに二、三年生でクラブ、同好会に所属しているものは新入生を勧誘し、新入生は自分に合った、入りたいクラブを探す——そういうイベントだ。

クラブ勧誘会は午後に行われる。僕は午後の授業がカットになったという事実とそれによる恩恵だけを頭にインプットして、イベント自体はすっかり忘れてしまっていたようだ。

「弓月くん、クラブは？」

ほいっ――と、かけ声を問いの最後につけて、佐伯さんはフレンチトーストをフライパンから皿へと移した。これは僕の分のようだ。

「前にも言いましたが、僕は家から二時間近くかけて学校に通っていましたからね。そんな余裕はありませんでした。無所属ですよ」

「なあんだ」

つまらなそうに言いながらも、佐伯さんは自分の分となる次のトーストを焼きはじめた。慣れた手つきだ。

「弓月くんと同じクラブに入ろうと思ったのに」

「まったく君は……」

何を言い出すのだろうか。学食で手を振ってきた先日の一件といい、佐伯さんはどうも僕の欲しない行動をとりつつある。注意しないと。

「だいたい主体性というものがないんですか。クラブは自分が何をやりたいかで決めるものですよ」

「やりたいものかぁ。……チアリーダーとか水泳とか体操とか？」

「やればいいじゃないですか。確かぜんぶありますよ」

「弓月くんはどのわたしが見たい？」

その問いはこちらに背を向けたまま発信されたものだが、彼女が笑っているであろうことは顔を見なくてもわかった。ユニフォームに特徴のあるものばかり選んだのはそういう理由か。

「正直に答えれば、家で着て見せてあげないこともないんだけどなぁ」

彼女は僕を試すように意地の悪そうな声を出す。きっと顔はにやにやと笑っていることだろう。

が、僕は無視。

「選ぶのは君です。僕がどうこうじゃなくてね」

「……面白くない弓月くん」

不貞腐れたように言う佐伯さん。

佐伯さんは時々先のような種類の発言や質問をして、僕をからかうことがある。だけど、こういうのは反応したら負け。楽しませるつもりなど毛頭ないのである。

「はい、できたっと」

言っているうちに次のフレンチトーストが焼き上がった。佐伯さんはそれを自分の皿へ載せた。

「あれ、弓月くん、待っててくれたんだ。先に食べてくれてもよかったのに」

「作ってもらってる身で、そんなえらそうなことはできませんよ」

「弓月くんのそういう律儀なところ、わたし好きだな」

邪気のない笑顔を見せながら、佐伯さんはテーブルに着いた。立っていた僕もそれに合わせて腰を下ろす。

「では、いただきましょう」

「いっただきまーす」

ふたり分の食事がそろったところで、僕らの朝食がはじまった。

§§§

部屋でネクタイを締め、制鞄《せいかばん》の中身を確認する。そうしてから僕はブレザーと鞄を持ってリビングへと出た。

キッチンでは佐伯さんが、かすれたような甘い声で歌いながら、楽しそうに弁当を詰めていた。ただし、今日はひとり分。本日午後のクラブ勧誘会とは無縁の僕には弁当は必要ない。

「佐伯さん、今日は先に行かせてもらいます」

「もう少しで終わるから一緒に行こう……って言っても無駄だよね？」

「無駄ですね」

僕は即答。

「ふーんだ。さっさと行っちゃえー」

取りつく島もない僕に、最近では佐伯さんも諦めたらしい。彼女はわざと拗ねた口《く》調《ちょう》を作って言う。

僕は仕上げとばかりにブレザーを着込んだ。これで準備完了。

「じゃあ、先に行きます。ひと通りの戸締りはしてますので、後は自分の部屋と玄関だけ忘れないようにしてください」

そうして後のことは佐伯さんに任せて、先に家を出た。

§§§

いつもより早く家を出たので、当然のように早い時間に学校に着いてしまった。

ほとんど無人の廊下を歩き、辿《たど》り着いた教室にいたのはひとりだけ。

宝龍美ゆきだ。

ひとりきり教室で席に着き、耳にイヤフォンを入れて、デジタルオーディオプレイヤを聴いていた。耳を澄ますようにして閉じられた瞳。曲にあわせて首を軽く上下させ、

指はリズミカルに机を叩いている。

──宝龍美ゆきは異端である。

通った鼻筋に、繊細な顔の輪郭。丁寧な筆遣いで描かれたような眉《まゆ》と目のライン。毛先の少しカールしたセミロングの髪は、艶《つや》やかに黒く輝いている。誰もが目を奪われるような美少女は、それだけである種の異端だ。

しかし、何よりも彼女を異端たらしめているのは、留年しているという事実だ。

僕らよりも一年早く入学し、二年生に上がれず二度目の一年生を経験した。入学試験を最優秀の成績で通過し、新入生総代まで務めたという彼女に何があったのかは、僕も聞いていない。

ほんのわずかな逡巡《しゅんじゅん》の後、僕は教室に踏み込んだ。真《ま》っ直《す》ぐ自分の席へ向かう。

「無視はないんじゃないかしら」

そう声をかけられたのは、僕が机の上に鞄を置くのと同時だった。

「邪魔したら悪いと思ったんですよ」

僕は宝龍さんへと振り返った。

　彼女はちょうどイヤフォンを外すところだった。両の耳からイヤフォンを抜き、首を振って髪を揺らす。そうしてから怒ったような顔で僕を見つめた。しかし、本当に怒っているわけではない。もとからこういう顔の作りなのだ。怜悧《れいり》すぎる美貌がそう見せているのだろう。おかげでこの学校でクールビューティと言えば、即《すなわ》ち宝龍美ゆきを指す代名詞となっている。

　僕は宝龍さんから少し離れた座標の机に、軽く体重を預けるようにして立った。ここは誰の席だっただろう？　ナツコさんかな？

「何を聴いてたんですか？」

「昨日買ったばかりの新譜。いい曲よ」

「さては宝龍さんが好きなあのグループですね」

　僕は前に彼女が好きだと言っていたアーティストのことをすぐに思い出した。何度か話題にのぼったことがある。

「今度貸そうか？」

「ぜひ。僕もきらいじゃないです」

　これまでも何度かＣＤを貸してもらっている。

「恭嗣《ゆきつぐ》、最近楽しそうね」

　宝龍さんは不意にそんなことを言った。

「二年になってからずっと様子を見てたけど、そんなふうに見えるわ」

「実は滝沢にも同じことを言われました」

滝沢にも言われ、宝龍さんにも言われ。どうやら僕は本当に楽しそうに見えるらしい。

「私と別れたからかしら？」

「それは関係ないですね。宝龍さんとつき合い出したことも、別れたことも、僕にとっては何のターニングポイントにもならなかった」

「あいかわらずね、恭嗣は」

彼女は苦笑した。

「じゃあ、春からひとり暮らしをするって言ってたから、そのせい？」

「ああ、それなら半分ほど予定が狂いました」

「半分？」

「内緒の話ですが、実は急に同居人ができたんです。宝龍さんの耳にも入っているかもしれませんが、相手は一年の佐伯貴理華さんです。今、彼女と同居しています」

「……それ、本当なの？」

宝龍さんはじろりと僕を睨んだ。いや、これだって彼女としては睨むつもりはないのだろうが、冷たい美貌故《ゆえ》にどうしてもそう見えてしまう。しかし、その鋭い視線の中には、かすかに驚きの色が混ざっているのが僕にはわかった。

「本当です。今のところ周りには伏せていますので、有事の際は協力してください」

「それはいいけど……それって同棲《どうせい》って言わないかしら？」

「同棲？　それは少しニュアンスが……」

これはまた思いがけない言葉だった。

僕としては彼女が口にした『同棲』という単語を否定したかったのだが、どうにもそれを上手《うま》く説明できない。確かにそうとも言う、というか、そうとしか言えないのか。

宝龍さんが「ふうん」と納得したようにうなずいた。

「じゃあ、きっとそのせいね」

「何がですか？」

「かわいい女の子とひとつ屋根の下にいるから、毎日楽しいんじゃないかしら？」

「それは……」

僕はまたしても言い淀《よど》んでしまう。

と、そのときだった。

「ちょっと弓月君！　あなた何やってるのよ⁉」

誰かが教室に入ってくるなり叫んだ。

振り返ればつかつかとこちらに歩み寄ってくる女の子がひとり。一年のときも同じクラスだった雀さんだ。校則違反とは無縁のショートの髪を揺らし、利発そうな顔には怒りの表情。

「何って、僕は宝龍さんと話を……」

「それがおかしいのっ」

雀さんは僕と宝龍さんの間に割って入り、僕と向かい合った。

「あなたに宝龍さんと話す資格なんてありません。それとも何？　やり直したいとでも言うの？　あなたが宝龍さんを振ったのに？」

「……」

相変わらず嫌われているなと、思わず苦笑しそうになる。

去年から雀さんは一貫してこの調子だ。まぁ、仕方ないのかもしれない。我らが宝龍美ゆきの恋人になるという栄誉を授かりながら、後に僕は彼女を振ったのだ。同性なら彼女に味方するだろう。

見れば雀さんの後ろで宝龍さんが笑いながら肩をすくめていた。

「わかりました。僕は退散することにしましょう」

「ええ。そして、二度と宝龍さんに近づかないで」

僕と宝龍さんが別れたのは冬のことなのだが、雀さんの怒りは未《いま》だ冷めていないらしい。当時も散々罵《ののし》られたが、その勢いは衰えていない。

踵《きびす》を返す僕。

その間際、宝龍さんが口だけを動かして「またね」と言っているのが見えた。

§§§

その日の休み時間のことだった。

次の授業の準備をする僕のところに、矢神が寄ってきた。

「ごめん、弓月君。少し頼みたいことがあるんだけど……」

気弱な眼鏡の友人は、そう言って話を切り出してきた。

「今日、クラブ勧誘会があるよね」

「ありますね」

「それを手伝ってほしいんだ」

僕はひとまず返答を保留し、頭の中の情報を整理した。

「矢神は確か文芸部でしたね」

「うん」

矢神は頭の回転が速い。僕が聞きたかったことを、先回りして説明してくれた。

「文芸部はもとから部員は多いほうじゃない上に、前の三年の卒業で半減してね。残ってるのもほとんどが幽霊部員なんだ。今日だって実際に何人が集まるか……」

「なるほど。くるかどうかも怪しい部員を当てにするより、先に助っ人を集めておこうというわけですね」

慎重な矢神らしい事前準備だ。

「大変ですね。じゃあ、今の文芸部は矢神先生がひとりで支えているわけだ」

「やめてよ、その言い方」

矢神は照れたように苦笑した。

僕が矢神を指して『先生』と呼ぶのには理由がある。彼は実はプロの小説家なのだ。とは言っても、文芸雑誌に時々短編を掲載している程度なのだが。それでも十分に誇れることだろう。

ただし、矢神が公にすることを避けているので、それを知っているのはごく少数だ。

「それで、手伝いのことなんだけど……」

「ええ、いいですよ。矢神の頼みですから。でも、僕でいいんですか？」

「うん。あまり張り切って人を集めるつもりもないから」

矢神はなぜか申し訳なさそうに告げた。

何となくわかるような気がする。これは矢神の性格というよりは、文芸部の性質だろう。勧誘に力を入れたところで、文芸に興味のない生徒は歯牙《しが》にもかけないだろうし、反対に興味のある生徒ならほうっておいても足を運んで覗いていってくれるに違いない。矢神はただ待っているだけのつもりなのだ。

「了解です。助っ人は僕ひとりで大丈夫でしょうか？」

「あ、うん。たいしたことはしないし」

矢神は力なく笑った。

残念ながら、こちらは矢神の性格によるものが大きい。彼はあまり交友関係が広いとは言えない。僕以外でこういうことを頼めそうなのは、後は滝沢と雀さんくらいだろう。しかし、生憎《あいにく》とそのふたりは、先日そろってクラス委員に決まってしまって（委員長が雀さん、副委員長が滝沢だ）、今日のイベントでは運営側として駆り出されているのだ。

「では、午後に文芸部の部室に行けばいいですか？」

「そうだね。ありがとう。引き受けてくれて助かるよ」

矢神はしきりに僕に感謝していた。

（あぁ、そういえば……）

矢神が去ってから僕は思い出した。

確か宝龍さんも文芸部だったはずだ。ただし、僕が彼女を知ったころにはもう立派な幽霊部員だったたが。

僕は首を巡らせ、宝龍美ゆきに目をやった。彼女は今日のイベントなど他人事のようにクラスメイトと話をしていた。

§§§

四時間目が終わると、僕は学食で手早く昼食をすませ、文芸部の部室へ行った。

準備は実に簡単なものだった。運営側が用意した中庭のブースに、去年文芸部が発行した会誌を置いておくだけ。閲覧自由。希望者には進呈。部についての質問があれば、答えるのは矢神の仕事だ。

校舎をはさんだグラウンドでは運動部がそれぞれパフォーマンスをやっているようだ。主に文化部が集まるこちらでも、吹奏楽部などは実際に新入生に楽器を触らせてあげたりもしている。喧騒《けんそう》の中に時折調子外れな楽器の音が響き渡って、思わず笑ってしまう。なかなか賑《にぎ》やかなイベントだ。新入生としてはお祭りで屋台を巡っているような気分ではないだろうか。

一方、僕はというと、矢神の『待ち』の方針もあって、彼の横に並んで座っているだけ。実にのんびりしたものである。

と、そこに滝沢がやってきた。二の腕にはアバウトに『運営委員』と書かれた腕章をつけている。汎用性《はんよう》が高いな。

「どうだ？」

「ま、そこそこに覗《のぞ》きにきてくれてますよ。滝沢のほうはどうですか？」

「いちおう迷った新入生の案内や強引な勧誘の取り締まりが仕事なんだが、今のところ特に大きなトラブルはないな。優秀だよ、今年の一年は」

自嘲気味に浮かべられた笑みは、仕事のない自分に対してだろうか。

「それで暇を持て余して、遊びにきたんですか？」

「まぁ、それもあるな」

滝沢は否定もせず、且《か》つ、答えを曖昧《あいまい》にした。

その直後、

「……きたぞ、弓月」

「はい？」

いったい何がきたのかと前方を見てみる。そこにはたくさんの新入生たちが、思い思いに各クラブのブースを見て回っていた。

その中で僕はすぐに見つけてしまった。

ふたり組の女の子。ひとりは年相応にまだ高校に上がったばかりといった感じの、元気そうな子。

そして、もうひとりは特徴的なブラウンの髪をなびかせた見目麗しい少女。言うまでもなく佐伯さんだった。

彼女たちは、というよりは主に佐伯さんだが――数歩歩くごとに勧誘の声をかけられていた。成績優秀で新入生の総代まで務めた、校内でも有名な美少女。どの部も彼女を獲得したいに違いない。しかし、佐伯さんはその悉《ことごと》くを軽やかにかわしているようだった。

「滝沢……」

「うん？　どうした？」

僕の言外の非難に、滝沢はとぼけるような返事をしてきた。

どうやら滝沢は先日の学食の一件以来、僕と噂の新入生の間には何かあると疑っているようだ。それで佐伯さんがこちらにくるのを見て、先回りして僕のところにきたのだろう。

まぁ、いい。佐伯さんがこのブースにこなければ何も問題はないのだから。

が、しかし、彼女は僕の姿を認めると、ぱあっと笑顔を見せ、一直線にこちらに向かってきた。

　頭痛がしてきた。

　あれほど僕に関《かか》わるなと言っておいたのに。

「……」

「えっと、ここは文芸部、ですか？」

「うん。これがうちの会誌。よかったら見てみて」

　問う佐伯さんに、矢神は立ち上がって対応する。

　幸いにしてブースの前にきてからは、佐伯さんは僕のほうを見ようともしなかった。ギリギリのラインで僕の頼みに応《こた》えてくれているようだ。僕は安心して矢神と彼女たちのやり取りを、隣で眺めていた。

「わ。皆さん、小説を書かれるんですか？」

　会誌の中身を見てびっくりしている佐伯さん。

「うん。強制ではないけどね」

「これは最新号ですよね。ほかにもあるんですか？」

「あるよ。三ヶ月に一回のペースで発行してるから季刊ってことになるね。……ごめん。

古いのひと通り取ってくれるかな？」

矢神の台詞の後半は僕に向けられたものだ。僕は後ろの箱から既刊を一式取り出した。

佐伯さんがこういうものに興味があるとは意外だ。それとも社交辞令的に話を合わせているのだろうか。

それにしても――と、僕は思う。

学校での佐伯貴理華というのは、ひかえめな女子生徒であるらしい。華やかさとおしとやかさをあわせ持った少女。しかも、優等生。上級生との会話にもそつがない。校内で噂になるのも当然だろう。

僕は感心するとともに、少しだけ見惚《みと》れていた。


「そちらの運営委員の先輩も文芸部なんですか？」

これは佐伯さんと一緒にきた女の子だ。脇にいた整った顔の上級生が気になったのだろう。

「いや、俺はただ運営側として立ち寄っただけだよ」

「そうなんですか」

残念そうだ。これで滝沢が部員だったら勢いで入部していたかもしれない。まぁ、それはそれで微笑《ほほえ》ましくていいだろう。

と、そのとき、それは不意を突くようにして、佐伯さんの口から発せられた。

「弓月くんも文芸部？」

「ッ⁉」

完全に油断していた僕は、イスごとひっくり返りそうになったが、何とか持ちこたえた。ついでに莫迦《ばか》とか何とか汚い単語が口をついて出そうになったが、それも危ういところで飲み込んだ。

佐伯さんの言葉で静まり返る一同。

そして、ワンテンポ遅れて彼女が、「あ」という小さな声とともに口を掌《てのひら》で覆った。

「そちらの先輩がそう呼んでいたから、てっきりそれが名前だと……もしかして違ってました？」

……いや。

僕の記憶によれば、彼女たちが訪れて以降、矢神は一度たりとも僕を名前で呼んでいないはずだ。

しかし、人間の記憶など曖昧なもので、誰も佐伯さんの主張に対して積極的な否定も肯定もできなかった。矢神なんかは次第に「言ったかも……」と思いはじめているのが、

その顔を見ればすぐにわかった。

そして、僕としては、彼女がうっかり僕の名前を口にしてしまったのであれ別の意図をもっていたのであれ、話を合わせるより術《すべ》はなかった。

「……確かに僕はその名前ですよ」

「よかったぁ。変なことを言ってたらどうしようかと思いました」

「……」

どうも僕の耳に妙なフィルタがかかってしまっているのか、佐伯さんの言葉が白々しく聞こえて仕方がなかった。まぁ、十中八九僕へのあてつけの演技だろうけど。

「それじゃあ、わたしたち、ほかも回ってこようと思います」

「お邪魔しましたー」

彼女たちは気持ちのよい挨拶とともに文芸部のブースを後にした。

その去り際、佐伯さんは僕にだけ見えるように、小さく手を振った。顔にはいたずらっぽい笑み。そして、最後に「んべっ」と小さなかわいらしい舌を出したのだった。

もちろん、それを見た僕の胸には確信めいたものが生まれていた。……絶対に全部わざとやってるな。

「弓月」

しばらくして滝沢が口を開いた。

「もう一度聞くが、本当に知り合いじゃないんだな？」

「……違いますよ」

果たして僕の言葉は滝沢の疑念を少しでも晴らしただろうか。正直、難しいだろうとは思う。

4

その日の朝はいつもと違っていた。

佐伯さんがドアを蹴破《けやぶ》らん勢いで部屋に飛び込んできたのを、僕はまどろみの中で知覚した。

「弓月くん、起きて起きてっ」

彼女は乱暴に僕の体を揺さぶった。

「……何ですか、騒々しい」

「えっとね、時間がすごいことになってるのっ」

「……」

僕は佐伯さんをゆっくりと押しのけ、上体を起こした。ベッドの宮に置いた目覚まし時計を手に取る。

「……あぁ」

確かにいつもよりずいぶんと遅い時間だった。

「あぁ、じゃなくてッ。何でそんなに呑気《のんき》なの!?」

「無駄に慌てても仕方ないと思ってるだけです。ちゃんと急ぎますよ」

体にからむかけ布団を剝《は》ぎ取《と》り、足をベッドから下ろした。

「じゃあ、朝ごはんは簡単なものになるけど、ちゃんと作っておくから」

佐伯さんは小走りに部屋の出入り口へと駆けていった。が、その足がドアの前で止まる。そして、再び振り返った。

「ごめんね、弓月くん」

「何がですか？」

「その、寝坊しちゃったこと……」

あぁ、そのことか。

「僕もすっかり油断してましたから。佐伯さんだけが悪いわけじゃないです」

僕自身、昨夜遅くまで起きていたこともあるし、ここのところ佐伯さん任せになっていたことも原因だろう。新生活に慣れてきて、気が緩んでいるのかもしれない。

「それよりも朝食をお願いします。着替えたらすぐに行きますので」

「あ、うん。わかった」

佐伯さんは少し心を軽くした様子で、今度こそ部屋を出ていった。

僕も手早く着替えをすませ、自室からリビングへと出た。キッチンでは佐伯さんが何やら作っているようだったが、僕は先に洗面所へ向かった。

目覚めてからあまり時間をかけずに体を動かしはじめたから、少し頭がふらふらしていた。その頭を冷たい水でむりやり稼動状態へと持っていく。

そうしてから僕はリビングへと戻った。


「ごめーん、弓月くん。やっぱりたいしたものできなかった」

ダイニングのテーブルに用意されていたものは、昨日たまたま買っていた調理パン数種類と、生ハムとレタスのサラダ。それにポタージュスープだった。ポタージュはお湯を注いで出来上がりというインスタントのものではなくて、鍋《なべ》に入れて火をかけるレトルトタイプのものだ。

「十分ですよ。いただきましょう」

「あ、バタバタしてたから、まだ窓も開けてなかった」

さぁ今から食べようかという段になって、佐伯さんがリビングの全面窓に向かって駆け出した。

　確かに室内の空気が澱《よど》んでいるように感じる。カーテンを開けただけで、窓までは開けていなかったらしい。しかし、だからと言ってこんな逼迫《ひっぱく》した状況のときにやることはないだろうと思うのだが。

　佐伯さんが窓を開けた。

　途端に吹き込む朝の風。

「きゃっ」

　その風は彼女の短いスカートを巻き上げながら、室内へと流れた。咄嗟《とっさ》に裾《すそ》を押さえる佐伯さん。その動きは賞賛に値する速さだった。

　ぱっ、と彼女は弾《はじ》かれたようにこちらに振り返った。

　目が合う。

「……見た？」

「……」

「……」

　僕は言葉を探した。

「すみません。少し……」

　思えば問われてすぐに嘘《うそ》で返せなかった時点で、僕には正直に答えて謝るという選択肢しか残されていなかったと言える。

なお、佐伯さんはまだいつもの黒いストッキングを穿《は》いていない。

「……」

おもむろに佐伯さんが、がっくりと床に崩れ落ちた。どうやらかなりショックを受けているようだった。

「もう少し大人っぽいの穿いとけばよかった……」

「……」

そっちなのか。

だいたいそんなこと言ってたら、嘆き崩れてるその座り方だって、大胆に太ももが露《あら》わになって十分に艶《なま》めかしいのだが。

と、不意に彼女は顔を上げた。

「手持ちでいちばんエロかわなやつでやり直していい？」

「よくないです」

僕はきっぱりと断る。

「そもそもそんな悠長なことをやってる時間はないはずですよ」

「あ、そうだったッ」

はっと気づいて、飛び跳ねるようにして立ち上がる佐伯さん。再びダイニングにパタパタと戻ってきて、ようやくテーブルに着いた。


いつもより遅い朝食。

急いでいることもあって会話はなかった。

「あ」

しかし、不意に何かを思い出したように佐伯さんが声を上げた。

「お弁当どうしよう？」

「さすがに無理でしょう」

改めて壁の掛け時計を見る。このまま朝食を終えてすぐに家を出れば、走らなくとも間に合うだろうという時間だ。彼女と少し時間をずらして登校する僕は、多少走ることになりそうだが。

弁当を作っている時間などないのは一目瞭然《いちもくりょうぜん》だ。

「今日は学食ですね。たまにはいいでしょう」

「学食かぁ。わたし、学食はちょくちょく行ってるけど、まだお昼は食べたことないなあ」

佐伯さんはポタージュの入ったマグカップを両手で包み込むようにして持ちながら、未知の領域に思いを馳《は》せていた。

「そっか、学食かぁ」

そして、もう一度、何かに期待するような調子で繰り返した。

§§§

朝は起床からバタバタしたものの、何とか遅刻にならずにすみ――午前中の授業もつつがなく終了した。

そして、昼休み。

「滝沢」

四時間目が終わると僕は真っ先に滝沢に声をかけた。

「今日も学食ですよね？　一緒に行っていいですか？」

「もちろんだ。突っぱねる理由はないよ」

滝沢は笑みを見せながら同行を快諾してくれた。

さっそく彼と並んで教室を出た。いつも教室で一緒に弁当を食べている矢神には、今日は学食に行く旨をすでに前の休み時間に伝えてある。

「なんだ、今日は弁当を忘れたのか」

「朝、起きるのが遅くなりまして。作っている時間がなかったんですよ」

嘘と本当が半分ずつ。弁当を作るのは僕の役目ではない。

「そう言えば今朝はギリギリの登校だったな」

「そういうことです」

「というか、ひとり暮らしなのに自分のために弁当を作るほうがどうかしてる。前にひとり暮らしが決まったとき、二年になったら学食通いだとか言ってなかったか」

「気が変わったんですよ」

確かにそんなことを言っていたところもあったし、当時はそのつもりだった。それがまさか同じ学校に通う女の子のお手製の弁当を食べることになろうとは思いもしなかった。

「どんな気の変わり方だ」

「そうですね。自分で料理をするようになって、その楽しみに目覚めたとでも思ってください」

しかし、滝沢はそれを聞いて、鼻で笑っただけだった。料理に凝りだしたという僕が可笑《おか》しいのか、僕の言葉自体を信じていないのか、判じがたいところだ。

他愛《たわい》もない話をしているうちに、学食へと辿り着いた。

毎日ここに通っている滝沢は、迷うことなくランチのコーナーへ足を向ける。あれこれ考えずに日替わりランチに決めているのだろう。僕もその後についていくことにした。

それぞれランチを注文し、トレイを持って戻ってきた。向かい合わせでテーブルに着く。特に真剣に話すようなテーマもなく、もっぱら会話は世間話だった。


「あ、滝沢さんだ」

と、そこに聞き慣れた涼やかな声音。

見上げてみれば、そこにいたのは佐伯さんと、先日のクラブ勧誘会のときにも見た彼女の友人だった。ふたりともやはりトレイを持っている。

どうしてここに――と言いかけて、その愚かしい問いを飲み込んだ。そして、こういう状況になることを朝のうちに気づかなかった自分を呪《のろ》う。わかっていればもっと遅い時間にここにきたのに。

「先日はお世話になりました」

「と言われても、当の矢神がいないんだがな」

滝沢は苦笑する。

「お昼ご一緒してもいいですか?」

「うん？　それはかまわないが」

「よかったぁ。じゃあ、お言葉に甘えて」

彼女たちは「よかったね」などと言い合って、さっそく席に着いた。滝沢の隣に佐伯さん、僕の隣には彼女の友人が座った。つまり、僕の斜め前に佐伯さんがいるわけだ。……なぜわざわざ僕の視界に入るのだろうか。尤も、隣なら隣でそれもやりにくかっただろうと思うが。

「あ、わたし、桜井京子《さくらいきょうこ》と言います。キリカのことは有名だから知ってますよね？」

佐伯さんの友人が名乗った。五十音で並べたとき、佐伯さんと近い。おそらく出席番号も前後になっていて、高校入学後最初の友人になったのではないだろうか。去年の僕と矢神がそうだった。

「お京って呼んであげてください」

「もうっ」

横から飛んできた佐伯さんの茶々に、桜井さんが口を尖《とが》らせた。

「桜井君か。覚えておこう」

滝沢は上級生らしい余裕のある笑みで応えた。

佐伯さんの前には当然のようにランチの載ったトレイが置かれているが、桜井さんの前にあるのは見た目もサイズもかわいらしい弁当箱だった。滝沢もそれに気づいたようだ。

「見たところ、佐伯君は学食派、桜井君は弁当を持ってそのつき合い、といったところかな」

「いえ、わたしも普段はお弁当を持ってきてるんです」

佐伯さんが恥ずかしそうに返す。

「でも、今日はちょっと寝坊しちゃいまして」

「なるほど」

滝沢は嫌味にならない程度に笑う。彼はこういうところがそつがないというか、上手いと思う。

「それは面白いな」

「わたしが遅刻しかけたからですか？」

佐伯さんはかわいらしく頬を膨らませてみせる。

「そうではないよ。実はここにいる弓月も、今日は危うく遅刻というような時間に登校してきてね。普段は弁当なのに、こうして学食で食べているわけだ」

「そうなんですか？　わぁ、奇遇ですね」

「……ええ、確かに奇遇です」

僕は曖昧に笑う。

なんと不毛な会話だろうか。確かに彼女に微笑みかけられたら、遅刻仲間という不名誉な共通項も自慢できることのように思えてくる。しかし、それも僕らの間ではただただ白々しいだけだ。

「察するに、佐伯君はひとり暮らしかな」

「あ、鋭い。でも、実はわたし、男の人と同棲してるんですよ」

「ッ!?」

横で聞いていて卒倒しそうになった。何を言い出すんだ、佐伯さんは。

「うん？　それは聞き捨てならないな」

「不動産屋さんの手違いみたいです。二重契約。入居する日になって、それが初めてわかったんです。でも、相手の人がちょっと素敵な人で、お互い事情もあったし、どうせならそのままルームシェアすればいいかなって」

「……」

よりによって大部分で事実を語るか。

「どうした、弓月。まさかそんな冗談を真に受けたんじゃないだろうな」

「それこそまさかですよ」

そう言っている僕の斜め前では、佐伯さんが稚気《ちき》たっぷりな笑みを浮かべているのだが。

「キリカってその話ばっかり」

「いいじゃない。夢があって。憧《あこが》れない？」

「憧れるけどさー」

多少なりとも共感するところがあるのか、桜井さんもまんざらでもない様子で笑っている。……ほかでもそれを言っているのか。勘弁してくれ。

「佐伯さん、そういう冗談はあまり言わないほうがいいですね。変な噂が立つし、噂はすぐにひとり歩きをしますから」

「はぁい……」

佐伯さんは舌を出し、肩をすくめた。少しは反省してくれたらいいが――と、僕は心の中でため息を吐く。実際、噂のひとり歩きはなかなか馬鹿にできないものだ。僕の気持ちは少しだけ過去を振り返っていた。

と、そのときだった。

「弓月くん、そのおろしトンカツ、ひと切れちょーだい」

「何を甘えたことを。自分のがあるでしょう」

テーブルの対岸から伸びてきた佐伯さんの箸《はし》を、しかし、僕はすかさず皿を引くことでかわした。

「だって、美味《おい》しいんだもん」

「だからと言って、人のを取るものじゃありません」

「むー」

トンカツの奪取に失敗した佐伯さんは、箸の先を下唇に当てながら不満げに唸《うな》った。

「……弓月」

と、横から滝沢。

「はい？」

「仲がいいな」

「……」

あぁ、やられた。

自分の迂闊《うかつ》さに自害したくなった。これでは普段と同じ調子ではないか。だいたい滝沢が『さん』で、僕が『くん』の時点でおかしいだろうに。

見れば滝沢は疑わしげな目を僕に向けている。一方、やはり突然のことに固まっていたふうの桜井さんは、急に顔をぱあっと明るくさせた。

「弓月さんっていつも黙ってるから、もっと怖い人かと思ってました。ほんとは面白い人だったんですね」

彼女は両の掌を合わせて感激を表現する。

それはどうだろう。少なくとも自分で自分を面白いと評価したことはないのだが。

しかし、桜井さんはどうやら僕に興味を持ってしまったらしく、隣の席からぐっと体を寄せてくる。

「弓月さん、ひとり暮らしって本当なんですか？」

「ええ、まぁ」

「いいなぁ。弓月さんといい、キリカといい。わたしもひとり暮らししてみたいなぁ」

桜井さんはもとの位置に戻って、天井に目をやった。

「大変ですよ」

「そうなんですか？」

「……と思います」

考えてみれば、僕もその大変さを知らなかった。別の大変さは知っている。主に家族でもない同年代の女の子と一緒に生活する大変さではあるが。

「じゃあ、今度遊びにいってもいいですか？」

「いや、それはやめたほうがいいです」

その危機感のなさに警鐘を鳴らしたいが、それ以上に佐伯さんと一緒に住んでいることを知られるわけにはいかない。

僕の目は自然と佐伯さんに向いていた。これは僕だけの問題ではない。危機に直面しているのは佐伯さんも一緒なのだ。なにか助け舟がほしかった。

ところが、彼女の顔にいつもの笑顔はなく、ひどくつまらなそうに、どこか怒ったような表情でこちらを見ている。

「残念。じゃあ――」

と、再び桜井さんは体を寄せてくる。話すときの距離が近いのは、彼女の癖《くせ》なのだろうか。うっかりすると抱きしめてしまいそうになるのだが。

「アドレス教えてくださいっ。交換しましょう」

「それは……」

あまりお勧めできない行為だ。僕がそれをどうかわそうか考えていると、そこに口を挟んできたのは、向かいからこちらの様子を見ていた佐伯さんだった。

「お京」

呼びかけると同時に、彼女は立ち上がっていた。

「食べ終わったんだったら帰ろ」

「あれ、早くない？　まだ時間あるよ？」

桜井さんは学食内の壁掛け時計を確認してから言い返す。

「次、英語でしょ？　わたし、たぶん当てられると思うし、和訳はちょっと自信がないから。予習しとかないと」

「あ、そうなんだ。じゃあ、キリカ先に帰ってて。わたしはせっかくだし、もう少し先輩たちと話してくから」

「お京も帰るの」

「え、なんで？」

至極当然な疑問だ。

「なんでって……」

しかし、対する佐伯さんからは明確な理由の回答はなかった。代わりに一度だけちらと僕のほうを見た。

そして、

「もういい」

ぼすん、と再び腰を下ろした。

「あれ、帰らないの？」

「だから、もういい」

佐伯さんは不貞腐れるように、そっぽを向いてしまった。

「……」

やれやれ。こんな展開になるなんて思いもよらなかった。想定外だ。何の冗談だろうか。勘弁してくれ。……まぁ、ちょうどいい。このあたりが潮時かもしれない。


「滝沢、そろそろ教室に戻りましょう」

「うん？　そうか。お前がそう言うなら、そうしよう」

僕と滝沢は立ち上がった。

「えぇー。もう帰っちゃうんですかぁ」

嘆く桜井さん。

その横ですかさず佐伯さんが口を開いた。

「あ、そうだ、滝沢さん。今度教室に遊びにいってもいいですか？」

これまた僕の欲しないところを……。

滝沢が僕を見る。意見を求めているようだ。が、聞かれているのは滝沢であって、僕ではない。よって、僕は「さぁ？」の意味を込めて、肩をすくめた。好きにすればいい。

「いいんじゃないかな。でも、いつもいるとは限らないよ。俺も、弓月も」

それが滝沢の返事だった。

そうして僕らは佐伯さんたちと別れた。

十分距離が離れたのを確認してから、食器返却口の前で滝沢が口を開いた。

「本当はお前が目当てなんじゃないか、弓月君」

「……」

弓月君言うな。

「……気のせいでしょう」

僕はようやく声を絞り出した。

そうあってほしい。

どうにも僕の学校生活が佐伯さんに侵食されつつあるな。それだけ彼女が僕の言動や姿勢に納得していないということか。

もう少し毅然とした態度が必要かもしれないな。

# 第三章 「同棲してます」と彼女は言った

I'll have Sherbet!

1.

新年度がはじまって幾度目かの金曜日の夜だった。

「この週末、僕は一度家に帰ります」

風呂から上がったばかりの僕は、寝間着代わりのスウェット姿。佐伯《さえき》さんもすでに風呂をすませているのでパジャマを着ていた。僕らはリビングでそれぞれ自分の座椅子《ざいす》に腰を下ろし、テーブルを挟んで向かい合う。

「ほわ?」

対する佐伯さんの反応はこれ。虚《きょ》を衝《つ》かれたのか、何とも奇妙な発音だった。

「だから——」

と、僕は改めて説明する。

「この土日、家に帰ります」

「なんで？」

「三月末にこちらにきてからまだ一度も家に帰っていませんからね。新学期もはじまって少し落ち着いてきましたし、親に顔を見せてこちらの生活に問題がないことを報告しておかないと」

尤《もっと》も、問題がないわけではない。むしろ今まさに問題と向き合っていると言える。

「ルームメイトがいることも、このまま黙っているわけにはいきません」

「わたし、挨拶《あいさつ》にいったほうがいい？」

「やめてください」

僕は間髪容《い》れずお断りする。

「じゃあ、黙ってるんだ、一緒にいるのが女の子だってこと」

そう、問題はそこなのだ。

「今はね。タイミングを見て言うか、すべてが終わってから明らかにするか」

いま言えば確実に軽めのパニックが起こる。母親は大騒ぎ、父は押し黙って動転。妹はネタにして僕をいじり倒すことだろう。

「兎《と》に角《かく》、明日の午前中に帰って……戻ってくるのは日曜の夜でしょうね」

「なんか寂しい……」

「子どもじゃあるまいし。昼間は誰かと遊びにいったらどうですか」

「そりゃあ、お京《きょう》とかいるけどさ……」

どうやら彼女には、桜井《さくらい》さんを筆頭にすでに休みの日に会うくらいの友達はいるようだ。人懐っこい、というか、誰とでも友達になれてしまう性質《たち》のようで、そんな彼女なら当然と言えば当然か。

佐伯さんは黙っていた——が、いきなり、

「はくちんっ」

くしゃみだった。

いや、くしゃみらしきもの、と表現するほうが正確か。どうも妙に白々しいくしゃみだったのだ。

「佐伯さん、今のはくしゃみですか？」

僕は思わず確認してしまった。

「うん。くしゃみ。湯冷めしかけてるのかも。……わたし、もう寝るね」

佐伯さんは立ち上がった。

「おやすみ、弓月《ゆみづき》くん」

「あ、はい。おやすみなさい」

なんだかよくわからないが、佐伯さんは逃げるようにして自室に引き上げていった。

本当によくわからなかった。

§§§

翌日。

毎朝僕を起こすのを趣味と日課にしている佐伯さんが、今日は起こしにこなかった。かと言って、彼女に起こされないと寝坊してしまうわけでもないので、それならそれで僕としては単に自力で起床するだけのことなのだが。

リビングに出ても佐伯さんの姿はなかった。

正直、珍しいと思った。彼女はアメリカからの帰国子女なのだが、未《いま》だに時差ボケ状態にあるのではないかと思えるほど、普段から朝が早く、そして、のっけから元気なのだ。僕が先に起きたのは今日が初めてだろう。

とりあえずコーヒーメーカーをセットした。

それでも起きてくる気配がないので、僕は彼女の部屋のドアをノックしてみた。

「佐伯さん、朝ですよ」

すると、

「うー……」

「……」

なんだ、今のは。うめき声だろうか？

「入りますよ？」

すべてがいつもと違う。さすがに心配になって僕は彼女の部屋に踏み入った。

確かに佐伯さんはベッドに寝ていた。

「どうしたんですか？」

「か……」

「か？」

「風邪《かぜ》ひいたみたい……」

「……」

これには返す言葉が見つからなかった。なぜなら僕が見たところ、いつもの彼女と変わりないように見えたからだ。つまり病人には見えなかった。

「……」

「……」

「……」

「う、うー……」

居心地の悪い沈黙を埋めるように、再び佐伯さんがうめいた。

「風邪、ですか?」

「うん、風邪。やっぱり昨日、湯冷めしたみたい……」

なるほど。昨日のあの奇妙なくしゃみは伏線だったわけだ。あからさまに提示しつつも、そうだと気がつかせないとは。お手本のような伏線だ。致命的に大きな違和感はあったが。

さて、どうしたものかな。

「とりあえず熱でも測ってみますか」

僕はひとまず部屋を出た。キッチンに行って食器棚の上に置いてある救急箱を下ろし、そこからデジタルの体温計を取り出した。

再び佐伯さんの部屋に戻る。

「これで熱を測ってみてください」

体温計を差し出すと、彼女は布団から手を出してそれを受け取った。

「頭痛はありますか?」

「うん、少し……」

「喉《のど》は？」

「痛いかも」

「鼻は？」

「ちょっとづばってる……」

急に濁点だらけの声になった。

「お腹《なか》は？」

「減ってる」

「……」

そうか。食欲があるのはいいことだ。

「僕は何か薬を取ってきますので、君は熱を測っていてください」

「う、うん……」

僕は再びキッチンへと戻ってきた。いちおう救急箱の中にはひと通りの薬をそろえてあるけど、さて、こんな症状盛りだくさんの人間に飲ませる薬なんてあるのだろうか？いや、それ以前に飲ませていいのかどうか。

風邪薬の中でいちばん軽そうな総合感冒薬を持って佐伯さんの部屋へと向かう。が、その足が部屋の前で止まった。中で彼女が何やらごそごそやっていたからだ。ドアが開いているのに気がついていないのだろうか。

佐伯さんはベッドから立ち上がり、勉強机の照明に体温計を近づけていた。さらに今度はパジャマの袖《そで》でごしごしと擦《こす》っている。

「……」

最近の高性能な体温計に効くのだろうか、それは。

僕はそっと数歩後ろに下がった。

「佐伯さん、入りますよ」

改めて宣言する。と、一瞬遅れて中でどたばたする音が聞こえてきた。それを確認してから部屋に入ると、彼女は先ほどと同じようにきっちりとベッドに収まっていた。

「どうですか？」

「う、うん……」

佐伯さんは布団から手を出して、おずおずと体温計を差し出してきた。僕はそれを受け取り、液晶を見てみた。しかし、そこには何も表示されていなかった。

「佐伯さん、消えてますよ」

「え？　あれ、そ、そう？　もしかしたらリセット押しちゃったかも……」

「……」

そうきたか。

「君が見たときは何度でしたか?」

「えっと、四十度?」

「四十度?」

「じゃなくて、三十八度だったかな?」

彼女は訂正してから、誤魔化《ごまか》すように乾いた笑いを漏らした。

「三十八度……。まぁ、普通の風邪でしょうね。ここに薬を持ってきました」

「弓月くん、ありがとー」

「でも、今より症状が悪くなったら飲むようにしてください。今はダメです」

むしろ飲むだけ無駄だ。もったいない。よく考えたら水も用意していないのだから、
僕もたいがいいいかげんだ。

「いいですね?」

「うん……」

佐伯さんは力なくうなずいた。

「それでね、弓月くん」

そして、おそるおそる聞いてくる。

「弓月くん、今日はどうするの?」

僕は思わず大きなため息を吐《つ》いていた。結局このドタバタも、そこがスタートでゴー

ルなのだ。ここまでつき合ったのだから、とことんまでつき合うべきか。

「そりゃあ、家に帰るのは中止でしょうね」

「ほんとっ？」

「風邪をひいてる君を置いていくわけにはいきませんから」

我ながら甘いことだ。

まぁ、佐伯さんにしてみれば、その覚悟で単身日本に帰ってきたとは言え、いざひとりになるのだと思うと寂しいのだろう。何かあっても頼れる両親は未だ海の向こう。寂しいというよりも怖いのかもしれない。

「ただし、昼までに起きてきたらもう治ったとみなして、僕は予定通り家に帰ります」

「えー」

「病人でしょう？　それくらいは我慢して寝てなさい」

「……」

さすがに自ら招いたことなので、これには文句は言えないようだ。まぁ、自業自得というものだろう。

「また後で様子を見にきてあげますよ」

「うん」

彼女に布団をかけ直してやり、僕は部屋を後にした。

佐伯さんが静かなうちに家に電話をしておくことにしよう。昼過ぎには彼女が全快になって起きてくるに違いない。


このとき、僕は確かにほっとしていた。

(これであの人と顔を合わせずにすむな)

今日家に帰ろうと思っていたのだって、ひとり暮らしをさせてもらった子どもの義務として顔を見せておこうと考えた程度のことだ。帰れないのなら帰れないで仕方がないと、自分に対して言い訳が立つ。

僕は理由を作ってくれた佐伯さんに、密《ひそ》かに感謝した。

## 2.

翌日曜日の午後。

そのとき僕は、リビングで何かを考えるでもなくぼうっとしていた。座椅子の背もたれをいつもより二段階ほど倒し、腹の上で手を組んで目を閉じている。

「弓月くん、ヒマ?」

と、そこに佐伯さんの明るく澄んだ声。

昨日の風邪は午後には全快し、今日にいたっては病み上がりという印象は微塵《みじん》も残ってない。きっと本人も昨日風邪をひいていたことなど忘れてしまっているに違いない。

彼女は昼食とその後片づけの後、自室に引っ込んでいたが、また出てきたようだ。

「見ての通り、ぼうっとしてます」

僕は目を閉じたまま答えた。

「じゃあ、ヒマなんだ」

「いえ」

「ぬ？」

疑問形の小さな発音。彼女はきっと首を傾《かし》げているに違いない。

「別に暇だからこうしてるんじゃなくて、わざわざ時間を割いてこうしてるんです。僕はね、意識的にこういう無駄な時間を作るようにしてるんですよ」

「わたし、時々弓月くんが哲学者か何かに見えるな」

「そんな偉いものじゃありませんよ」

僕はようやく閉じていた目を開けた。

正面に立つ佐伯さんは、最後に見た昼食のときとは装いを新たにしていた。

膝丈《ひざたけ》のスカートに、アームウォーマーとワンセットになった半袖カットソー。スカートは黒で、カットソーとアームウォーマーもやっぱり黒を基調にして、アクセントとして白が入っている程度。全体的にパンク系だ。

「それにしても真っ黒ですね」

「そ。黒でトータルコーディネイト」

僕の見たままの感想に、佐伯さんは得意げに答えた。それから一転して意地の悪そうな笑みを浮かべる。


「どこまで黒か知りたくない？」

「何か僕に用があったんじゃないんですか？」

「……無視されるとつまんないんですけど」


僕を非難するようにジト目でそう言うと、今度は伸ばしていた僕の足に跨《また》がって向かい合うようなかたちで膝の上に腰を下ろした。

「そんなところに座らないでください」

「えろい？」

「重いです」

「もうっ」

佐伯さんは一度だけ体を揺すった。本当は口で言うほど重くないので、これもさほど痛くはない。

「知ってる？　女子高生の携帯電話普及率」

「確か九割は超えていたと思いますね」

それはいいとして、この体勢のままで会話を続けるつもりなのだろうか。案の定、僕の不満を隠さない応答を無視して、彼女は話を進めていく。

「そう。で、わたしはその持ってない一割なの」

「あぁ、そう言えば君はそうでしたね」

佐伯さんは日本に帰ってきて日が浅いので、そういうものは後回しになっていたようだ。因みに、この家には佐伯さん名義の固定電話があり、ご両親との連絡はそれを使っている。

「今から買いにいくから、弓月くん、ついてきて」

「またいきなりですね」

「だって、お京も持ってるんだよ？」

「桜井さんは関係ないでしょう」

とは言え、そのあたりは持てるものにはわからない、持たざるものの悩みなのだろう。周りがみんな持っていて自分だけ持っていないというのも、何か焦るものがあるのかもしれない。

「だって、先越されたら立場ないじゃない。この前だって……」

佐伯さんの言葉は尻すぼみに消えていく。

「何の話ですか？」

「いいのっ。兎に角、今から行くから、弓月くんも一緒に行くのっ」

まるで決定事項のような言い方だ。しかし、ここで承諾しないと、佐伯さんが膝から降りてくれないかもしれない。

「仕方ありませんね。一緒に行きましょうか」

「ほんとっ⁉　ありがとー！」

無邪気に喜ぶ佐伯さん。我ながら甘いことに、その姿を見ていると多少のわがままならつき合ってもいいかと思えてしまう。

§§§

学園都市の駅に向かうことにした。確か駅前のショッピングセンターには携帯電話のすべてのキャリアを扱ったモバイルショップがあったはずだ。

ふたりで歩道を行く。

大きな道路に沿って歩いているわりには車の交通量も少ないし、人の姿もあまりない。

休日はいつもこんな感じだ。教育機関を集め、街も景観を重視して整えられているが、人口は意外に少ないのだろう。

僕の隣を佐伯さんが弾むような足取りで歩いている。足にはショートブーツ。やっぱり黒だ。

佐伯さんは笑顔を見せる。楽しそうだ。

道々、学校での最近の出来事などを話していると、やがて駅とショッピングセンターが見えてきた。このあたりまでくると人通りも交通量も増えてくる。要するに、学園都市という街がこの駅を中心にデザインされているということなのだろう。

モバイルショップは、ショッピングセンターの中でも人が盛んに行き交う場所にあった。休日だけに商品を見ている人も多いし、通りすがりに目を向ける人もいる。

「佐伯さん、キャリアは決めてるんですか？」

「キャリア？」

彼女は首を傾げる。

「保菌者？」

「そのキャリアじゃありません」

経歴職歴を意味するキャリアを持ち出さないあたり、意外に知識が豊富だ。

「携帯電話会社です」

「あ、そのことか。……弓月くんは？」

「僕は——」

最も有名であろう会社の名前を挙げた。僕が携帯電話を持ったのは中学の卒業と同時。その際、選ぶ基準がいまいちわからなかったので、単純にシェアの大きさで決めたのだ。

「じゃ、わたしもそれで」

「えっと、佐伯さん？　そういうの決めてこなかったんですか？」

「だって、よくわからないんだもん。仕方ないじゃない」

確かに今まで携帯電話に触れたことのない人間には、どこに着目すればいいかさっぱりだろう。しかも、今は携帯電話《ガラケー》からスマートフォンへの過渡期で、店頭にはその二種類が共存している。まずそこからして混乱するに違いない。僕だって選んだ理由は先にも述べた通りだし、人のことを言えた義理ではない。

佐伯さんはさっそく店舗に入り、僕が言ったキャリアの端末が陳列してある付近へ向かった。

「おー、いっぱいあるー。弓月くんのはどれ？」

「僕はこれですね。これの黒です」

買ったときは最新だったが、今ではもう新しいシリーズが出ているので、ひとつ前の型ということになる。とは言え、最新の機種も特に画期的な機能が付加されたわけではない。今使っているのがけっこう気に入っているので、しばらく買い換えることはないだろう。

「黒かぁ。……あ、さっき言い忘れたけど、ちゃんと黒だから」

「……」

また余計な情報を……。

「わたしもこれにしよっと。すみませーん」

「ちょっと待ちましょうか、佐伯さん」

僕は思わず彼女を制止した。

「さすがにそれは自分の考えがなさすぎるでしょう」

「そう？　なんかどれでも同じみたいだし、だったらこれでいいかなって」

まぁ、確かにどう違うのかと問われたら返答に窮するが。

「でも、せめて色くらいもう少し考えたらどうです？　女の子らしく赤とかピンクとかもありますよ」

「む。その考えは偏見だと思うな。女の子だからピンクとか、黒はダメとか」

「それはそうですが」

「そこはむしろ『毎日黒で』って言うくらいじゃないと」

おい、いったい何の話だ。

「わかりました。もう僕は何も言いませんから、君の好きなようにしなさい」

「はーい」

僕が諦《あきら》めて口を挟むことを放棄すると、彼女は元気のいい返事をして、さっそく店員を呼びつけた。

結局、佐伯さんはメーカーから色から、僕とまったく同じものを買った。自分が誰かの行動に影響を与えるというのはあまり好きではないのだが、彼女がそう決めたのだから仕方ないだろう。

なお、佐伯さんは未成年なので契約に際して保護者の同意が必要だったが、そこは彼女の母親に直接確認することでクリアした。つまり国際電話だ。こんなことをさせられる店員も大変だが、夜に電話をかけてこられる彼女の母親も大変だと思った。

§§§

無事に契約を終え、きたとき以上に軽い足取りの佐伯さんと一緒に帰宅する。

さて、その夕方。

自室にいるとドアがノックされた。僕の返事を待って佐伯さんが顔を覗《のぞ》かせる。

「弓月くん、ケータイ貸してー」

「そのへんにありますよ。でも、何に使うんです？」

「ちょっとねー」

僕の携帯電話はベッドの上に放《ほう》り出してあった。佐伯さんはそれを手に取る。僕は彼女の座標が変わるのに合わせて座っている椅子を回転させ、その行動を追った。

「おー、これが弓月くんのケータイかぁ」

彼女とまったく同じ機種なので、この場合、その興味は外観ではなく中のデータに向けられているのだろう。

「勝手にメールなどを見ないように」

「わかってるって。アドレス登録するだけ」

そう言いながら佐伯さんはボタンを操作し、それぞれの端末を向かい合わせた。赤外線通信をしているようだ。買ってきたばかりなのに慣れている。

「はい、完了。電話帳登録第一号は弓月くんー」

「それは光栄ですね」

開いたケータイをこちらに見せる佐伯さん。その姿は新しく買ってもらった玩具を自慢する子どものようで微笑《ほほえ》ましい。

「お母さんにはまた改めて教えるし、今のところ番号知ってるのは弓月くんだけだから、今これが鳴ったら相手は弓月くんってことだよね」

「そういうことになりますね」

火事でそれぞれの部屋が分断されでもしない限り、僕がわざわざ電話をかけることはないだろうが。

「じゃ、何かあったら遠慮なくかけてね」

そうして彼女は嬉《うれ》しそうに部屋を出ていった。

この日、佐伯さんは寝るまでネックストラップで首から端末をぶら下げていた。誰からかかってくるわけでもないだろうに。

3.

佐伯さんに振り回された週末を乗り越え、新しい週がはじまった。

その週半ばのある日の昼休み。

いつものように矢神と一緒に弁当を食べ、自分の席に戻ってその弁当箱を片づけていると、トン、と机の上にペットボトルが置かれた。ミルクティ、内容量二八〇ミリリットル。

顔を上げると滝沢の整った顔があった。

「ありがとうございます」

学食で昼食を取る彼に、僕が頼んでいたものだ。お金は先に渡してある。

「なかなかどうして彼女は有名人だな」

滝沢はあいていた僕の前の席に座り、自分に買った缶コーヒーのプルトップを起こした。僕もペットボトルのフタを回す。

「彼女？」

そして、ひと口飲んで喉を潤してから聞いた。

「佐伯貴理華《きりか》」

「……」

どう対応していいかわからず、適切な応対を模索しているうちにそのタイミングを逃し――結果、無反応《ノーリアクション》。

「学食で知り合いが話題にしていたよ。あの通り美人で、成績も優秀。性格は少しひかえめながら、明るくて人当たりもよい――」

「すみません、滝沢。誰の話ですか？」

「お前は今まで何を聞いていたんだ」

滝沢は呆《あき》れたようにため息を吐いた。

いえ、僕の知る佐伯貴理華とはだいぶ異なる気がしたもので。

ひかえめな性格？　どこがだ。家では賑《にぎ》やかだし、わがままだし。人当たりがいい？

あれほど人をからかうのが好きな人間を、僕はほかに知らない。

「まぁ、そういう話題にのぼってもおかしくないとは思いますね」

知られざる性格は兎も角、万人が認める美少女ではある。

「ほう。認めるのか」

「認めますよ。素直にかわいいと思いますから」

「本人にも言ってやればどうだ？」

「機会があればね」

そう言って僕は、さっき閉めたばかりのペットボトルのフタを開け、再び口をつけた。

滝沢もコーヒーをひと口飲む。

そうしてから、

「その彼女がそこにいるんだが」

「……」


僕はゆっくりと教室の入り口に目をやった。

そこに佐伯さんと、そのクラスメイトである桜井さんの姿が。中に目当ての人がいるのにこっちに気づいてくれない。かと言って、大きな声で呼ぶ勇気もない——そんな感じで自信なさげに、少しそわそわした様子で中を覗き込んでいた。

そして、僕と滝沢がそろって彼女らを見ると、嬉しそうに、そして、どこかほっとしたように手を振ってきた。

僕はその新入生らしい微笑ましい光景に頬《ほお》が緩みかけ、彼女が見せた無防備な笑顔に不覚にもどきっとしてしまった。……もちろん、顔には出さないが。

滝沢が軽く手を上げて応《こた》える。

言外に「入ってもいいよ」というメッセージ。それを受け取り、彼女たちは教室に入ってきた。

途端、周りが騒がしくなる。

「あ、あれって噂《うわさ》の新入生？　滝沢と弓月んとこにきたの？」

「俺、実物は初めて見た」

「すごーい。顔ちっちゃーい」

などなど。

そして、その中に紛れるようにして、それは僕の耳に届いてきた。

「そう言えば弓月ってさ、去年――」

「ああ、あったあった」

「……」

やっぱりこうなるか。去年の話とは言え、きっかけがあれば思い出すのだろうな。佐伯さんに聞こえていなければいいが。

「こんにちは、滝沢さん。遊びにきちゃいました」

しかし、どうやらそれは杞憂《きゆう》だったようで、彼女は滝沢に挨拶。

「おふたりで何の話ですか？」

そして、桜井さんが僕に聞いてくる。

「くだらない無駄話です」

「君の友人、佐伯君がかわいいという話だな」

僕は思わず滝沢のほうを見た。何を言い出すのか。

「なんだ？　別に隠すこともないだろう。人のことを素直に褒めるのが、お前の美点のひとつだと思っていたが」

「そんなの意識したことありませんよ」

僕はむっとして答えた。

まったく、本人の前で言うこともないだろうに。家に帰った後でやりづらくなる。

「あ、やっぱり弓月さんもキリカのことかわいいと思いますよね？」

桜井さんは弾んだ声で、誇らしげに言った。

彼女はその場に膝を曲げてしゃがみ、両手の指と顎《あご》を机の端に乗せている。ショートの茶髪はちょっと癖っ毛。僕を見上げる目は小動物系だ。

「まぁ、そうですね」

特に否定する必要性も理由もなかったので、桜井さんの問いに僕はそう返答した。

立っている佐伯さんを見上げる。

目が合った。

すると、佐伯さんは「あ、う……」と小さくうめいてから、恥ずかしそうに顔を逸《そ》らした。

正直、意外な反応だった。彼女ならこれくらいのことは言われ慣れているだろうし、微笑んで礼を言うくらいのことはしてみせると思ったのだが。調子が狂う。

「キリカって誰が見てもかわいいから」

「佐伯君の噂はこちらまで届いているよ。しばらくは行く先々で注目されるだろうな」

桜井さんの言葉に、滝沢が苦笑とともに応じた。

「もう、滝沢さんまで。わたしなんか見ても面白くないですよ」

対する佐伯さんは口を尖《とが》らせ気味ながらも、けっこう楽しげだ。

そして、僕はというと、それらの会話を同じ輪の中にいるはずなのに、まるで他人事《ひとごと》のようにどこか遠くに聞いていた。

おもむろに立ち上がる。

「滝沢、後はお願いします」

直後、驚いた顔の佐伯さんが視界に映った。

「どこか行くのか？」

「特にあてはありませんが、テキトーにぶらついてきます」

滝沢にそう告げてから、僕は席を離れた。

「ちょっ、ちょっと弓月くんっ」

後ろから聞こえてくるのは佐伯さんの声。しかし、僕は止まらず、出口へ向かう。

「ちょっと待ってってば」

教室を出て、廊下を少し進んだところで再度呼びかけられた。追ってきているようだ。

僕はその声も無視して歩を進め、近くの階段を上がり――そこでようやく立ち止まった。振り返り、佐伯さんと向かい合う。


階段の踊り場。

ちょうど人気《ひとけ》はない。

昼休みを楽しむ生徒たちの喧騒《けんそう》が、遠く小さく聞こえる。


「何か用ですか？　手短にお願いします」

素っ気ない口調《くちょう》で僕は要求する。いずれここを通る生徒も現れるだろう。早くすませたい。

「えっと、その……」

言葉を探す佐伯さん。追いかけてきたわりには言葉を用意していなかったらしい。

「もしかして迷惑だった？　教室に遊びにきたの」

「滝沢を訪ねてくる分には大歓迎ですよ。彼は好人物ですから」

もともと先生受けのいい優等生タイプだが、誰とでもうまくつき合うしユーモアもあるので、彼を悪く言う生徒は少ない。二年に上がってからはなかなかによい先輩ぶりを発揮している。

「弓月くんは？」

「お勧めしませんね」

「どうしてよっ」

佐伯さんの語気は荒かった。理解できない理不尽な言い分を突きつけられているからだろう。気持ちはわかる。僕にもその自覚があった。

それでも、だ。

「君のためです」

「そんなのわかんないっ」

「わかる必要はありません。そうであるとさえ知っておけば」

「……」

「……」

睨《にら》み合《あ》いのような沈黙。佐伯さんとしては一方的な僕の主張に文句のひとつも言いたいに違いない。

「前に一度言ったはずです。外にいる僕は優しくできない人間だし、近づかないほうがいいと」

「でも……」

佐伯さんは弱気になりながらも、反論を試みようとする。が、言葉は続かなかった。

「そろそろ行ったほうがいいです。誰かに見られないうちにね」

「……」

佐伯さんはやっぱり押し黙ったままだ。ただ怒ったような、それでいて泣き出しそうな、どっちとも見える表情で、僕をじっと見つめるだけ。

やがて踵《きびす》を返し、この場を後にした。

僕は階段を見下ろし、彼女の姿が見えなくなるまで見送る。

やれやれ。

そして、深いため息をひとつ。


「恭嗣《ゆきつぐ》」

不意に、僕が目を向けていたのとは反対、階段の上から声がした。この学校で僕を名前で呼ぶのはひとりだけだ。見上げるとそこには佐伯さんとはまた違った、大人っぽい落ち着いた感じの美貌《びぼう》があった。

宝龍美《ほうりゅうみ》ゆき。

我が水《みず》の森《もり》高校が誇るクールビューティだ。

「もしかして見てましたか？」

「ええ」

彼女は隠しもせずに正直に答えた。

僕は壁に背をつけ、もたれる。宝龍さんが階段を下りてきた。

「もうやめたほうがよくない？　彼女がかわいそうよ。……それに恭嗣も」

彼女は僕の真正面に立ってそんなことを言う。

「やめるも何も、僕は何もしていませんよ」

「ええ、そうね。確かに恭嗣は何もしてないわね。それできっと最後まで何もしないつもりなんだわ」

宝龍さんは嘆息した。呆《あき》れているのか、もしかしたら怒っているのかもしれない。

「人の噂も七十五日と言いますから」

誰が振った誰が振られたなんて話題、高校生ならよくある話だ。いずれ埋もれて消える。……尤も、きっかけひとつで逆戻りなのは先の教室で見た通りだが。

「さて、僕は行きます。……あ、そうだ。いま屋上の鍵《かぎ》、持ってますか？」

「持ってるわよ」

宝龍さんはそう言って、スカートのポケットから鍵を取り出した。

キィホルダも何もついていない裸の鍵。

この学校の屋上は自由に出ることはできず、その鍵は厳重に管理されている。スペアを含めて三つある鍵は、しかし、去年ひとつ紛失してしまった。とある女子生徒が借りている間に失《な》くしてしまったらしいのだ。

「借りていいですか？　僕も久しぶりに屋上に出てきます」

「見つからないようにね」

「わかってますよ」

なにせこの鍵は紛失したことになっているのだから。

僕は宝龍さんから鍵を受け取り、五時間目の開始まで屋上で時間をつぶすことにした。

§§§

放課後は寄り道したりする気にもなれず、真《ま》っ直《す》ぐ帰宅した。

さすがに佐伯さんはまだ帰っていない。

僕はひとまず自室で着替えをすませ、それからキッチンでコーヒーメーカーをセットした。ちょうどスイッチを入れたところで、玄関のドアが開く音。

彼女も今日は寄り道はなしらしい。

やがてリビングに姿を現した佐伯さんは少し元気がない様子だった。やはり僕のせいだろうか。

「おかえりなさい、佐伯さん。コーヒー飲みますか？」

「ふぇ？　コーヒー？」

何を言われたかわからないといった調子で聞き返してくる。

「ええ、コーヒーです。今はじめたばかりなので、まだ十分ほどかかるかと思いますが」

抽出がはじまったコーヒーメーカーを見ながら僕は告げる。とは言え、中の見えない魔法瓶タイプの保温ポットにコーヒーが落ちるので、見ていてもあまり面白くない。今度コーヒーサイフォンを買ってみようか。

と、そのとき、何かが床に落ちる音がした。何ごとかと思って振り返れば、フローリングに佐伯さんの鞄《かばん》が転がっていた。

そして、僕がそれを認めたのとほぼ同時、佐伯さんがこちらに飛びついてきた。

「うわっ、と……」

最初はいったい何のいたずらかと思った。

しかし、佐伯さんは両手を僕の体に回し、強く抱きしめてきた。その額《ひたい》を僕の胸につけて、ぽつりとつぶやく。

「よかった。いつもの弓月くんだ……」

「……」

彼女がかわいそうだと言った宝龍さんの言葉を、僕は思い出していた。僕は、僕がしていることで佐伯さんを不安にさせているのだろうか。

「すみません……」

とりあえず謝っておく。でも、今は口だけでしかない。まだしばらくはこういうことが続くだろうから。

佐伯さんはうつむくようにして、僕の胸に自分の額をくっつけている。下を向けば彼女の、不思議な明暗を持つきれいなブラウンの髪があった。

一瞬、その髪に触れたい誘惑に駆られる。

が、もちろんやらなかった。そんな図々しいことできるはずもないのだが、

「……撫《な》でれ」

「はい？」

「……頭、撫でれ」

なんというか、こう、自分の中にあったちょっとした邪《よこしま》な思いが、一気に冷めていくのがわかった。

「……お断りします」

「ちぇっ」

舌打ちまでするか。

「ほら、そろそろ離れてください」

「その前にもうひとつ」

「はいはい、何でしょう」

やや投げやりな僕の声。

「わたしのこと、かわいいって本当？」

「……」

そう言えば昼休み、滝沢がわざわざ言わなくていいことを言っていたな。

「ねぇ」

催促するように言い、佐伯さんが顔を上げた。

下を向いていた僕の、文字通り目と鼻の先に彼女の顔が現れ、どきりとした。

「さて、どうだったでしょう……」

僕は、彼女の顔から距離を開けたかったのと彼女の視線から逃れたかったのと、二重の意図で顔を逸らした。

「もうっ」

「そんなことよりも、いいかげん離れてください」

僕は腹を立てる佐伯さんの肩を摑《つか》んで、強引に引《ひ》き剝《は》がした。彼女に背を向けるため、意味もなくコーヒーメーカーに向き直る。

そんな僕に佐伯さんは言う。

「わたしは弓月くんってかわいいと思うなぁ」

「……」

もういい。今日の僕への罰だと思おう。

4.

とは言え、いつまでも佐伯さんに理不尽な思いをさせては謝っての繰り返しというわけにもいかない。いずれは概要だけでも話しておかねばと思う。

でも、それは僕の予想もしないタイミングできてしまった。

ある日、三時間目の授業が終わったときのことだった。

「次は物理か」

そうつぶやいてみて、その『物理』という単語に引っかかりを覚えた。何だっただろう。そして、黒板を見てようやくその正体に気がついた。

『4時間目　物理　視聴覚室』

黒板の隅にはそう書かれていた。やや角ばった几帳面《きちょうめん》な字はクラス委員長、雀《すずめ》さんのものだ。

次は教室移動らしい。

視聴覚室か。物理学の実験映像かドキュメンタリー番組のビデオでも見るのだろうか。

「行くか、弓月」

滝沢だ。僕が巡りの悪い頭でゆっくりと次の行動を確認している間に、さっさと用意をすませたらしい。教科書にノート、筆記用具など授業に必要なもの一式を手に持っていた。

「ちょっと待っててください」

僕は前の授業で使った教科書類を片づけ、次の物理の用意をして——そこで手を止めた。……気が変わった。

「すみません、滝沢。やっぱり先に行っててもらえますか」

「うん？　そうか、わかった」

僕の性質をわかっている滝沢は、ただそれだけを言って要望通り先に行ってくれた。

僕は取り出した教科書とノートを重ねてそろえ、それから深呼吸をひとつしてから教室を出た。滝沢に一分と遅れない出発だった。


僕は時々無性にひとりになりたくなる。

別に誰もいない空間にひとりでいる、という状況でなくてもいい。周りに人が大勢いるのに、誰も話しかけてこない、見向きもしない——そういうのでも十分だ。むしろそっちのほうが好みかもしれない。

今も、これから特別教室に行くのだと考えた瞬間、普段はあまり近寄ることのないその場所をひとりで歩きたいという欲求に駆られたのだ。


「また孤独病？」

廊下を歩く僕に、宝龍さんが声をかけてきた。

前に一度、僕のこの性質を宝龍さんに話したことがある。そのとき彼女は、それを『孤独病』と名づけたのだ。

「そのようです」

「変わらないのね、恭嗣は」

僕の横に並んだ宝龍さんは微《かす》かに笑った。

しかし、そうは言うが実は彼女も僕と同じく孤独病の持ち主である。僕らの間にある少ない共通点のひとつだ。

宝龍さんは僕の横を黙って歩く。

このままずっと黙っているつもりなのだろうと思っていたら、程なく口を開いた。

「家では優しくしてあげてるの、彼女には」

「佐伯さんですか？」

「ええ」

「まぁ、僕なりには」

しかし、僕がそう思ってやっている行動が、真に誰が見ても優しいかどうかは、また別の問題ではあるが。——『君のため』。これほどひとりよがりの台詞《せりふ》もないだろう。

「そう」

対する宝龍さんの声はやや平坦《へいたん》。いちおうギリギリ平均値か。

「優しく抱きしめてあげたり？」

「……すると思いますか？」


「可能性はあるわ。だって、彼女は私じゃないもの」


そりゃあ可能性ならゼロじゃない。でも、なぜそんなことをする必要があるのかという点で考えれば、限りなくゼロだ。

「そこまでしろとは言わないけど、少しは気にかけてあげなさい」

「善処はしますよ」

「じゃあ、私は先に行くわ」

只今《ただいま》絶賛孤独病発症中の僕に気を遣ってくれたのだろうと思った。

「後ろで誰かさんが怖い顔してるから」

「後ろ？」

振り返ってみて、

（うわ……）

僕は思わず声を上げそうになった。

そこにいたのは雀さんだった。

僕らの少し後ろを歩き、今にも噛《か》みつきそうな勢いでこちらを睨んでいる。正確には、僕を、だろうけど。雀さんは相変わらず僕が宝龍さんに近づくのを快く思っていないようだ。

「じゃあね、恭嗣」

苦笑しつつそう言うと、宝龍さんは早足で先に行ってしまった。

僕も雀さんから逃れるためにいっそ駆け出してしまいたかったが、宝龍さんに追いついてしまっては意味がない。それに僕が彼女を追いかけたりしたら、今度こそ間違いなく雀さんが噛みついてくることだろう。

仕方ないので雀さんは放っておくことにした。

渡り廊下を通って特別教室の集まる校舎へと移ると、途端に人気がなくなった。ここにくるのは二年に上がって初めてだ。一年のときでも数えるほどしか足を運んだことがない。

そんな馴染《なじ》みの薄い場所を、僕はかすかな寂寥感《せきりょうかん》とともに歩く。

すると、正面から四人ほどのグループがやってきた。

「……」

どうやら最近の僕は簡単にはひとりになれないらしい。現れたのは佐伯さんを含む一年生の小集団だったのだ。

佐伯さんは僕に気がつくと、ひとり駆け出し、嬉しそうにこちらに向かってきた。

「やほ、弓月くん。偶然っ」

あれほど僕にかまうなと言っておいたのに、佐伯さんも懲りない性格だ。まぁ、今日は本当にたまたまなのでよしとするか。

「わたしは音楽室の帰り。弓月くんは？」

「今から視聴覚室です」

多少なりとも穏やかに答えられたのは、これが偶然の遭遇であるのと、先ほど宝龍さんにあんなことを言われたせいだろう。換言すれば、気まぐれ。

「キリカ、さき行ってるよー」

「うん。すぐに追いつくから」

佐伯さんのいたグループがすれ違いざまに声をかけていく。ついでにちらちらと僕の顔も見ていった。

「視聴覚室か。視聴覚室って何の授業――」

「あなた、一年の佐伯さんよね？」

突然、雀さんが佐伯さんの言葉を遮るようにして割って入ってきた。

「ええ、そうですけど……」

「悪いことは言わないから、弓月君に近づくのはやめておきなさい」

雀さんの口調は、子どもに言い聞かせるような落ち着いたものだった。

「あの、それはどういう……?」

言われたことの意味を飲み込めず、きょとんとする佐伯さん。

「あのね、たぶん知らないと思うけど、弓月君は去年すっごい美人とつき合ってたの」

「え……?」

そして、今度は戸惑いの発音。

「なのに、何が気に喰《く》わなかったのか、三ヶ月ほどで彼女を振って別れちゃったのよ」

「……」

「いい?　弓月君は軽い気持ちで女の子とつき合って、簡単に女の子を振るような冷たい人間だから、あなたも気をつけるのよ」

雀さんはそう締めくくった。

佐伯さんが驚いた表情で僕を見た。たぶん言い訳でも期待していたのだろう。だが、あいにくと言うべきことは何もない。

雀さんの言ったことは概《おおむ》ね事実だ。

それにしても、雀さんはいつまでもパワフルなことだ。世間ではだいぶ風化してきた話題だというのに。僕は思わずため息を吐いて彼女に目をやった。

「なに？　文句あるの？」

睨む彼女に、僕は肩をすくめて応えた。

文句などない。そして、これが彼女の親切心の表れであることも否定するつもりはなかった。少なくとも僕の親切心よりは独善的ではないだろう。

僕は雀さんがここまで僕に噛みついてくる理由を知っている。生真面目《きまじめ》な委員長タイプの（実際に委員長である）雀さんと、未だになぜ留年したかわからないくらい成績優秀な優等生、宝龍さん。雀さんにとって宝龍さんは憧《あこが》れなのだ。だから、その宝龍さんを振った僕を許せないでいる。

雀さんの名誉のために言っておくが、彼女は僕が宝龍さんとつき合いはじめたことに怒ったりはしなかった。宝龍さんを泣かせるようなことをしたら承知しない、と笑って言っていたくらいだ。許せないのは僕が宝龍さんを振ったとされている事実のほうだ。

泣かせたら承知しない——要するにその言葉は本当だったわけだ。

「ふん」

雀さんは鼻を鳴らして去っていった。

後に残されたのは、僕と佐伯さん。

「あ、あの……」

佐伯さんが戸惑いの表情を見せつつ、口を開いた。

「わ、わたしちょっとびっくりしてて……。か、帰ってからね」

早口で言い、ぱたぱたと駆けていった。

帰ってから、か。

特に話すことなんてないのだがな。

§§§

その日の夕食、僕らの間に会話はないに等しかった。

ゴールデンウィークを目の前にした今、佐伯さんと一緒に暮らすようになって一ヶ月近くになるが、こういうのは初めてだった。

性格的に僕は自分で主導権《イニシアティブ》を握って会話をリードするといった真似《まね》は得意ではない。

尤も、幸いにして静寂を好むたちなので、この沈黙は苦にならなかった。ただ、いつも賑やかな佐伯さんが黙っているのが気にならないと言えば嘘《うそ》になる。

そして、そのままこれといった会話もなく夕食が終わった。


「ね、コーヒー淹《い》れてくれる?」

空になった皿を前に、佐伯さんが言った。

ちょうど僕も飲みたいと思っていたところだ。僕は食後のコーヒーの準備をすべく席を立った。彼女も立ち上がり、皿を洗いはじめる。

僕がマグカップでコーヒーをふたつ用意するのと、佐伯さんが食器を洗い終えるのがほぼ同時だった。僕らはリビングではなく、もう一度ダイニングのテーブルについた。

まずはひと口飲んで喉を潤す。

僕から見て後方、リビングではとりあえずつけておいたニュース番組が明日の天気を告げていた。テレビ欄は把握していないが、もうすぐしたらニュースも終わり、面白くもないバラエティ番組かクイズ番組あたりがはじまるのだろう。

先に口を開いたのは佐伯さんだった。


「ねぇ、昼間の話って本当なの?」

昼間の話。

雀さんが語って聞かせた例の話だ。


「本当です」

「彼女がいたの？」

「いましたね」

僕がそう答えると、佐伯さんは顔を伏せて黙り込んだ。視線の先には両手で包むようにして持ったマグカップ。そこに注がれたコーヒーの表面を見つめている。

「意外でしたか？」

「意外……」

佐伯さんはその状態のままでリピートした。

「意外っていうか……そういうこと考えもしなかった。言われてみて初めて、あぁそういうこともあるだろうなって思った。……うん、弓月くんだもんね。彼女くらいいてもおかしくないよね」

因《ちな》みに僕は、僕に恋人がいるなんてちゃんちゃらおかしいと思っている人間であるが。

「美人だっていう話も本当？」

再び顔を上げて聞いてきた。

「本当です」

「すっごい？」

「そうですね、君が学校ではっと目を見張るくらいきれいな人を見かけたら、まず間違いなくそれが彼女です」

「そうなんだ……」

佐伯さんは何か考え込むようにして、意識とは乖離《かいり》した動作でコーヒーを口に運んだ。

「弓月くんが振ったの？」

「巷間《こうかん》、そう言われてます」

「他人事みたい」

「じゃあ、はっきりと——事実です」

「……」

再び佐伯さんは黙り込む。

「わたしね、弓月くんに彼女がいたって聞いて、ちょっと驚いたけど納得できた。わたしが知らない弓月くんって、きっといっぱいあるんだろうなって。でも、その彼女を弓月くんから振ったたっていうのが、どうしても納得できない……」

「でも、事実です」

僕はひとつ前に言ったばかりのフレーズを繰り返した。

「僕はつき合いはじめて三ヶ月とたたずに、彼女を振りました。佐伯さんが何をもって納得できないのか知りませんが、僕はそういう人間なんです」

「その自嘲《じちょう》的で自虐的な言い方っ」

佐伯さんが語気を荒らげた。

「そういう言い方、弓月くんらしくないし、女の子を振ったっていうのも今の弓月くんから想像できない。だから納得もできない！」

「じゃあ、現二年生をつかまえて聞いてみるといいです。一時期けっこう話題になりましたからね、誰でも知ってますよ」

今日、雀さんの口から出なくても、遅かれ早かれ佐伯さんの耳に入っていたことだろう。そうでなくともいつかは自分で言おうと思っていた。

「理由！　理由はっ？　別れた理由をおしえて」

「そんなこと、君には関係ありません」

言っていて自己嫌悪に陥る。最低レベルの言い分だ。

「そんな言い方、ひどい。わたし、弓月くんがそんな軽くて冷たい人じゃないって信じたいのに。……もういいっ」

佐伯さんは椅子を蹴倒《けたお》しそうな勢いで立ち上がった。そのまま高い位置から、怒っているような、今にも泣き出しそうな顔で僕を睨む。

が、しかし、次の言葉はなく、僕を残してリビングのほうへ去っていった。僕はそれを目で追うこともできず、背中越しに彼女が部屋に入っていく音を聞いた。

「……」

しばらくして僕は、まるで今まで呼吸まで硬直していたかのように、大きく息を吐いた。


改めてコーヒーを飲む。

苦い。

どうやら淹れ方が悪かったらしい。

## 5.

表面上、特に変わらない日常が続いていた。

起きるべき時間が近づき、浅くなった眠りの中で、僕は朝を感じる。

やがてノックの音が聞こえ、

「グッモーニンッ、弓月くん」

直後にドアの開く音と、佐伯さんの元気な声。

僕がゆっくりと目をあけると、彼女の顔があった。僕の頭の両サイドに手をつき、真上から見下ろしている。

真剣な表情。

僕を真剣に見つめているというよりは、僕を見ながら何か考え込んでいるといった顔だ。

瞼《まぶた》をあけた僕と目が合う。

と、佐伯さんはまるで逃げるようにして笑顔を作った。

「おはよう、弓月くん。朝ごはんできてるよ」

「着替えたらすぐ行きます」

「うん、待ってる」

そう言うと彼女はすぐにベッドから離れ、背中を見せて部屋を出ていった。

残された僕の頭には、佐伯さんの逃げ遅れたみたいな真剣な表情が、いやに強くこびりついている。

目をあけるとそこに佐伯さんの真顔があったことなんて、今までだって何度もあった(尤も、その意図ははかりかねるが)。でも、僕の心の中を覗こうとするような眼差《まなざ》しは、ここ最近のものだ。

「……」

やはりきっかけは先日の言い合いか。

しかし、彼女には悪いが、僕はあれ以上の説明は必要ないと考えていた。

「今週末からゴールデンウィークですが、佐伯さん、連休中の予定は?」

朝食にホットケーキを食べながら僕は尋ねた。

そのとき、佐伯さんはちょうど食べている最中だったらしく、僕を見ながら目で返事をする意思を示しつつ、まずは食べることを優先した。いつもなら慌てて飲み込んで、すぐにでもしゃべり出す場面だ。

「まだ決めてないけど、叔父《おじ》さんのとこに遊びにいこうかなって思ってる」

口の中のものを嚥下《えんか》して、返事。

佐伯さんの叔父さんは、アメリカからひとり先に帰国した彼女がここに落ち着くまで、何かと世話を焼いてくれた人と聞いている。まぁ、その尽力も不動産屋の二重契約というオチなのだから、なんだか報われない。

「弓月くんは？」

「僕は佐伯さんの予定が決まってから考えようと思ってます」

僕の選択肢も家に帰るか否か程度のものだ。佐伯さんの場合、親戚《しんせき》の家が遠く、行くなら新幹線にも乗るようなちょっとした旅行だが、僕は所詮《しょせん》は電車で二時間ほど。その気になればいつでも帰ることができる。……そう、別にむりに帰る必要はない。

故に、佐伯さんが連休中は学園都市にいるというのなら、僕もそうしようと思っていた。先日の唐突な風邪の件もあるし、何日もここにひとりにしないほうがいいのかもしれない。

「別にいいよ。わたしのことは気にしなくても」

しかし、あっさりばっさり斬《き》られてしまう。どこか素っ気なくも聞こえた。

「まぁ、そう急《せ》いて決めることもないでしょう。週末までに考えればいいことです」

「ん。そだね」

これっきりゴールデンウィークの話は終わり。この後もいくつかの話題について話をしたが、それは会話というよりはむしろ互いの予定の確認作業めいていた。

§§§

食後、リビングでコーヒーを飲む。

登校まではまだまだ余裕がある。佐伯さんはというと、今日は雨など降りそうもない天気なので、登校前に洗濯をすませるのだといって、さっきから慌しく洗濯にいそしんでいる。

「佐伯さん、今日の帰りは遅くなりそうですか？」

洗濯ものの入った籠《かご》を持って脱衣所から出てきた彼女をつかまえ、聞いてみる。

「さぁ？　わかんない」

しかし、まるで断ち切るようにして短くそれだけを言い、僕の横を通り過ぎてベランダへと出ていってしまった。

「……」

まぁ、放課後の予定なんて流動的だから、いま聞いてもわかるはずがないか。

僕だって矢神と大型書店に行くこともあれば、滝沢とゲームセンタに繰り出すこともある。宝龍さんに屋上に呼び出される可能性だってあるだろう。

馬鹿なことを聞いた――そう思っていると、佐伯さんがベランダからひょっこり顔を出した。

「大丈夫。遅くなるようだったら連絡するから」

「わかりました」

取ってつけたような会話だ。

僕は残っていたコーヒーを一気に飲み干し、立ち上がった。

「じゃあ、僕は先に行きます。後はお願いします」

「はーい。……あ、そうだ」

と、一度は引っ込んだ佐伯さんの顔が再び。

「もし遅くなったら、弓月くん、洗濯もの取り込んどいてくれる？」

「いいですよ、それくらい」

最初の役割分担により、洗濯に関しては僕は基本ノータッチとなっている。でも、必要ならいつでも交代もするしフォローもする。そこに文句などひとつもない。

「女の子の下着を手に取るチャンス♪」

「あのですね……」

「きゃー、弓月くんが怒ったー」

ひと睨みすると佐伯さんはベランダに姿を消した。僕はため息をひとつ吐いてから、登校の用意をする。

表面的にはいつもと変わらない日常。

でも、僕らの間には確実に溝ができていて、ことあるごとにそれを意識させられた。

§§§

アパートを出ると、まずは駅に向かって歩くかたちになる。

道路は片側二車線。中央分離帯があり、一車線あたりの間隔だけでなく路側帯にも余裕をもって幅を取ってあるので、かなり大きな道路だ。

今、僕が歩いている歩道もタイル敷きで幅が広く、真ん中には等間隔に街路樹まで植えられている。

まるで何かのパンフレットに載っていそうな小奇麗《こぎれい》な街並みだが、人通りや交通量が妙に少ない。そういう点でもやっぱりパンフレットの写真的なものを感じる。

このままこの道を歩いて学園都市の駅に出るわけではなく、途中から水の森高校へと通じる道に合流する。

駅と学校を結ぶ道には、まだ比較的早い時間であるにも拘《かかわ》らず、水の森の制服を着た生徒の姿がちらほらと見かけられる。僕はその中に見慣れた猫背を見つけた。

「おはようございます、矢神」

追いつき彼──矢神比呂《ひろ》に声をかける。

「あ、おはよう、弓月君」

眼鏡の友人からは、ぼそぼそとした気の弱そうな返事が聞こえてきた。普段から彼はそういう傾向にあるが、今日はその平均よりもいくぶんか下回っているように思えた。

「どうしたんですか、元気がないようですが」

「ちょっとね、実は朝方まで原稿を書いてて」

「あぁ、なるほど」

合点がいった。

矢神はこう見えてもプロの小説家だ。またどこかの文芸雑誌から短編でも依頼されているのだろう。

「半分徹夜になったわりには、あまり書けなくて……」

それはまた報われない。

「スランプですか？」

「どうだろう。安易にそういう言葉に逃げたくはない、かな」

弱々しく笑うが、言葉とは裏腹に内面の強さを感じさせる言葉だ。

決定的に睡眠が不足している矢神が気怠《けだる》そうなこともあって、僕らはしばし黙って歩を進めた。が、程なくして矢神が口を開く。

「弓月君のほうこそ浮かない顔をしてるみたいだけど、何かあったの？」

そう聞いてくるが、僕にはその自覚がなかった。

だが、或《あ》いはと思わなくもない。矢神は人を思いやれる人間であり、そういう方面での機微に鋭い。小説家という職業柄、人の内面描写をすることもあるからだろうか。その彼が言うのだから、僕は本当に浮かない顔をしているのだろう。

いったいなぜ、という自問は必要ないか。

「ちょっと気になってることがありまして。矢神が原稿の進み具合に悩んでるように、僕にも悩みごとがあるんです」

そう誤魔化《ごまか》したところでちょうど学校に到着した。

矢神も今ここで僕の抱える悩みを詮索《せんさく》するつもりはないらしく、それ以上のことは聞いてこなかった。

下駄箱が立ち並ぶ昇降口で、学校指定の革靴から上履きへと履き替える。

「あ、弓月さんだ。おーい」

不意の呼び声。

声のしたほうへ目をやれば、佐伯さんのクラスメイト、桜井さんが癖っ毛のショートヘアを揺らし、小走りに駆け寄ってくるところだった。

「おはようございます。弓月さん、矢神さん」

桜井さんは僕らの前で足をそろえて止まり、お辞儀をした。

「おはようございます、桜井さん」

「おはよう」

「弓月さんって、いつもこの時間なんですか？」

登校が、という意味らしい。

「いや、テキトーです。家が近いですからね。早いときもあれば、遅いときもあります」

唯一考えるべきファクタは、佐伯さんと登校時間をずらすことだ。

「いいなぁ、近いって。しかも、ひとり暮らし。……今度遊びにいっていいですか？」

「まぁ、そのうちにね」

どうにも危機感の薄い子だ。ある意味佐伯さんと似たもの同士かもしれない。

「そうだ、桜井さん。ちょっと聞きたいことがあるのですが、少しだけいいですか？」

「はい？　何ですか？」

「弓月君、僕、先に行ってるから」

気を遣ってくれたらしい矢神はそう言い、ひと足先に教室に向かった。

僕は、目立つところでの立ち話も何だと思い、桜井さんを促して隅のほうに場所を移す。あまり人に見られたくない。早くすませよう。

「桜井さん」

と振り返って、僕は驚いた。彼女がやけに近い位置に立っていたからだ。ほとんど僕が見下ろしているような構図。両腕を回せば抱きしめてしまえそうだ。

話すときの距離が妙に近いのは、桜井さんの癖みたいなものらしい。

「えっと、最近の佐伯さんって、学校ではどんな様子ですか？」

僕は気を取り直して切り出した。

桜井さんは一瞬きょとんとした表情を見せた後、今度はじっと僕の顔を見つめてきた。

「もしかして弓月さんって、キリカのこと気になってるんですか？」

「少しね……って、いや、そういう意味じゃなくて」

なにやら誤解を与えてしまったようだ。

「ふぅん」

まぁ、いいですけどね——と言った後、桜井さんは次句を継いだ。

「それにしても変な聞き方するんですね」

それから彼女はくすりと笑い、すっと一歩後ろに下がった。会話をするのに適度な間隔があけられた。

「変ですか？」

「こういう場合って、『彼氏がいるかどうか知らない？』とか、『俺のこと何か言ってなかった？』とか聞きませんか？」

「……」

その『俺』とか言って喋《しゃべ》っているのは、いったいどこの誰なのだろうか。というか、やっぱり大きな誤解があるようだ。少し頭が痛い。

「それに関してはまた改めて聞かせてもらうことにします」

気にならなくもない事項ではある。特に、学校でよけいなことを話していないか、だが。

「学校でのキリカ、ですか……？」

桜井さんはようやく答えてくれる気になったようだ。右手の小指を顎にあて、考える。

「わたしが見る限りじゃいつも通り、かな？　相変わらずかわいいけど、ひかえめでおしとやかで……」

その時点で僕から見たら異常事態なのだが、今は置いておくことにしよう。

「先週だったかな、ケータイ買って——あ、これが黒なんですけどね。で、嬉しそうにニコニコしてたり。……うぅん、それくらいかなぁ」

「そうですか」

「あ」

と、桜井さんが声を上げた。

「そういえば、二、三日前くらいから時々浮かない顔してることがありますね」

「……」

浮かない顔、ね。

ついさっき僕が矢神に指摘されたのと同じというわけだ。

「ここで悩みを聞いてあげて、キリカポイントアップ！　……なぁんて、ちょっと自分に不利になるようなことを助言してみたり？」

えへ、と笑う桜井さん。

佐伯さんが何を思い悩んでいるかなんて、聞かなくたってわかるさ。

「ありがとうございます、桜井さん」

「え？　あ、ちょっと、弓月さん⁉　あぁん、もうっ」

僕は桜井さんに礼を言ってから、踵を返した。彼女の地団駄でも踏みそうな抗議の声を背中で聞きながら教室へと足を向ける。

「何をやっているんだ、僕は」

僕の態度が佐伯さんを傷つけてしまったことなんて、端《はな》からわかっていたことだ。要するに、それを確認しただけじゃないか。

自己嫌悪。

そして、袋小路。

話が僕だけのことなら、いくらでも話してあげられるのだが……。

§§§

その日の昼休み。

教室で矢神と一緒に昼食を食べ終えた後、僕は自分の席で弁当箱を片づける。

この弁当箱は佐伯さんが選んだものだ。それを包む小風呂敷も。そして、中身も当然今朝彼女が詰めたもの。ある意味でこの弁当というのは佐伯さんの趣味の塊《かたまり》と言える。

――現状を何とかしないとな。

弁当箱を見つめながら思う。

そして、僕の足は自然と宝龍さんの席に向かっていた。ただ何となく彼女と話がしたいと思った。

が、しかし、その足も宝龍さんの席に辿《たど》り着《つ》く前に止まってしまうことになる。そこに主がいなかったのだ。いるのは数人の女子生徒。さっきまで彼女たちに囲まれて、宝龍さんも一緒に弁当を食べていたと思ったのだが。

「なに、弓月くん。宝龍さんに何か用？」

そんな言葉を投げかけてきたのは、雀さんだ。彼女は半眼を釣り上げるという、実に器用な目つきで僕を睨んでいる。

ほかの女の子たちは苦笑気味。雀さんの弓月恭嗣嫌いは皆もよく知るところなのだ。少し前ならここにいる全員から冷たい目で見られていたが、今ではそういうことはほとんどなくなった。僕と宝龍さんが時々何ごともなかったかのように雑談をしているのは誰もが目にしている。あの出来事もすでに過去のものになりつつあるのだろう。雀さんのように怒りの火を燃やし続けているほうが珍しい。

「彼女にちょっと用がありまして。どこに行ったか知りませんか？」

「さぁ？」

と、冷たい感じで、雀さん。

「さっき黙って教室から出ていったわ」

でも、すぐに不承不承言葉を付け足した。

雀さんは根っからの委員長タイプで、相手が嫌いだからといって嘘を吐いたり、知っていることを隠したりといったことはできない。少々融通のきかないところもあるが、それも含めて愛すべき人柄だろう。

　雀さんの言葉を聞いた僕は、あぁ、と納得した。

　孤独病だ。

　宝龍さんは急にひとりになりたくなって、ふらっと出ていったのだろう。なら行き先はいくつもない。

「わかりました。こちらから行ってみます」

「ちょっと弓月くん、あなたねぇ。少しは察しなさいよ」

「え？　……あぁ」

　おそらく雀さんは、宝龍さんがトイレに行ったと思っているのだろう。僕だってそこまで無神経ではないつもりだ。

「違いますよ。たぶん宝龍さんはそこじゃないです」

「……どこに行ったかわかっているような言い方」

「単に心当たりをいくつか知っているだけです」

　上手《うま》くすれば最初の候補で当たりを引くかもしれない。

「さすがによく知ってるのね」

　雀さんは忌々しげに言うと、ふん、と鼻を鳴らして、もう話すことはないとばかりにクラスメイトとのおしゃべりに戻った。

僕は相変わらずな雀さんの態度に苦笑しつつ、その場を後にした。


「屋上かな、やっぱり」

教室を出て、最も確率の高そうな場所を目指す。

階段を上がって三階へ。一年生の教室が集まる場所だ。周りにこちらを注視している生徒がいないのを確認してから、さらに階段を上がった。

屋上へと出る鉄扉のノブを握ると。

「……当たり」

それはすんなりと回り、開いた。

鉄扉をくぐって青空の下に出、宝龍さんの姿を捜す。この学校では屋上に出るのは禁止されているし、開放もされていない。なのでグラウンドやほかの校舎からここにいるのを見られるわけにはいかない。となると、おのずと立てる場所は限られてくる。

――いた。

彼女はグラウンドとは反対側のフェンスにもたれて立っていた。学校の敷地外からしか見つかることのないポイントだ。

宝龍さんはすでにこちらを認めていた。僕がこの屋上に出てきたときから気づいていたのだろう。

「珍しい。恭嗣がこんなところまで私に会いにくるなんて」

温度の低い声と、睨むような目つき。かと言って、別に怒っているわけではなく、これが宝龍美ゆきのデフォルトだ。

「迷惑でしたか？」

「今は大丈夫」

因みに、迷惑なときは本当に「迷惑。帰って」と言われるから恐ろしい。

僕は宝龍さんの横に並んで立った。ただし、彼女が内向きにフェンスにもたれて立っているのに対して、僕は外向き。街の風景を眺めている構図だ。

この方向だと学園都市の駅が見える。視界に横たわっているのは、線路を乗せた高架橋だ。学園都市を貫く路線は高速鉄道なので、高速道路の如《ごと》くこの高架橋の上を走っている。おかげで街に踏み切りというものはない。駅の周りはショッピングセンターと高層マンション。典型的な新興住宅地のデザインだ。

「こうしていると思い出すわ」

宝龍さんが懐かしそうに話を切り出した。

「何をですか？」

「ふたりで授業をサボって、人には言えないようなことを――」

「すみません。思い出す以前に、そんな記憶がないのですが」

「……」

宝龍さんは黙り込む。

「……」

「……冗談よ」

「……」

いやな冗談だ。ここにきたのは間違いだったかもしれない。

「その冗談、ほかでは言わないでくださいよ」

「そうね。彼女が聞いたら誤解しそう」

宝龍さんはくすりと笑った。

「佐伯さんは関係ないでしょう」

「ええ、関係ないわね。私も彼女の名前を出した覚えはないもの」

「……すごく帰りたくなりました」

ここのところ急速にこの手の冗談が増えている気がする。いったい何なのだろう。からかわれているのか？

「帰るのなら止めないけど、何か相談があってきたのではなくて？」

「相談……」

相談、か。

でも、何を相談すればよいのやら。

「違って？」

「いえ。でも、僕自身よくわかっていないので」

「じゃあ、いま感じてる素直な気持ちは？」

そう言われて僕はしばし考える。

そして、

「……女の子は難しいですね」

つくづくそう思う。


僕に過去彼女がいたと知って動揺するし、僕が彼女を振るかたちで別れたと言ったら信じないし。挙げ句、その経緯に何か事情があると信じているふうで、別れた理由を知りたがる。

そういったことを僕は宝龍さんに吐露した。

「わりと簡単な話ね。恭嗣が前にどんな子とつき合っていたか、あの子が気にするのも当然じゃないかしら」

彼女はさらりと言ってのけた。

「そうですか?」

「わかってるんでしょ」

じろりと睨まれた。

これに関してはノーコメント。

「そうね。あの子が昔、男とつき合っていたとして、それがどんな相手だったか恭嗣は気にならない?」

「……別に」

僕は努めて平坦な声で返した。

「僕がそんなことを気にすると思いますか? あなたとつき合っていたときだって——」

「私の一切に関心がないのは当然ね」

宝龍さんはぴしゃりと言って、僕の言葉を遮った。

「それでも私の場合とは少しくらい違うと思ったのだけど?」

「……」

「パス2ね」

そう言って僕の心を見透かしたように笑った。こういうときにやっぱり彼女は年上だと感じる。

「さて、そろそろ中に入るわ」

「もうですか?」

「私がここにきて十三分から十七分がたったわ。もう充分。戻りながら話しましょ」

宝龍さんは言うが早いか歩き出した。僕も遅れて足を踏み出し、唯一無二の出入り口である鉄扉へと向かう。

「それにしても、あの子は恭嗣のことをよく見てるわね」

「どうでしょうね」

「恭嗣の言ったことを信じなかったんでしょう? それこそが証拠だわ。よくわかってる。勝手な憶測とイメージだけで噂を広めて鵜呑《うの》みにするような連中とは大違い」

言葉の後半には軽蔑《けいべつ》の響きが含まれていた。

鉄扉は宝龍さんが開け、そのまま僕のために道をあけてくれた。

「ありがとうございます」

僕はひと言言ってから、先に階段部屋へと入る。

と、そこに思いがけない人物がいた。

「佐伯さん……」

三階へと下りる階段の踊り場に彼女は立っていた。その顔に浮かんでいるのは、申し訳なさそうな、戸惑いの表情。

「あ、あのね、お京が上にあがっていく弓月くんを見たって言うから——」

「あら」

それを遮ったのは宝龍さんの声だった。彼女は遅れて僕の横に立った。

佐伯さんが驚いた様子で、僕と宝龍さんの顔を交互に見る。

「その人、なの？　弓月くんが前につき合ってたっていう人」

「ええ、そうです」

さすがにひと目でわかったようだ。

僕は質問に答えながら階段を下りた。踊り場で佐伯さんと相対する。宝龍さんが三段ほど上からそれを眺める構図だ。

「弓月くん、もう別れたって言ってなかった……？」

戸惑いの色を濃くしながら、ちらちらと宝龍さんのほうを窺《うかが》い、僕に確かめる。

「言いましたね。実際、別れましたよ。去年の十二月だったか」

「クリスマスの前ね」

宝龍さんが補足を加える。

佐伯さんがむっとしたような顔を見せた。

「それにしては仲がいい感じ。こんなところにふたりきりで」

「言わなかったかもしれませんが、彼女とはクラスメイトです。話くらいはしますよ」

「だからって……」

佐伯さんの語調が少しずつ弱くなっていく。

「別れたらそれきり話もしてはいけないというわけではないでしょう」

そのときの交際の深度によっては、その反動としてそういうことになるのが一般的なのかもしれない。が、僕と宝龍さんには無縁の話だ。

僕の言葉に、佐伯さんは何か言いたげながらも口をつぐむ。

「君に理解できなくても、これが僕のスタイルです」

「恭嗣」

呼ばれて僕は、宝龍さんへと目を向ける。視界の隅では佐伯さんもはっとして顔を上げていた。僕を呼んだ宝龍さんはそれきり何も発音せず、視線だけで語りかけてきた。

言いたいことは何となくわかる。

彼女は前にも言っていた。もうやめたほうがいい、と。しかし、正直なところ、あんな馬鹿な話を本当に語って聞かすべきなのか、僕は判断に迷っていた。

「弓月くんのこと、名前で呼んでるんですね」

僕が決心し切れずにいると、先に佐伯さんが口を開いた。彼女は挑むような意志の強い目つきで、宝龍さんを見上げている。

「気に障ったのなら謝るわ。つき合っていたときからの惰性《だせい》なの」

「……」

さすがというべきか、どう見ても謝りそうにない態度だった。しかも、ひとり高い場所にいるし。

「別に何とも思ってません。ただ……」

と、そこで佐伯さんは一拍おいた。

「わたし、弓月くんと同棲《どうせい》してます」

「は？」

間の抜けた声を上げたのは僕だ。何でこのタイミングで――と思ってしまうような、一見して唐突に見える発言だった。しかし、佐伯さんにとってはある種の切り札だったのかもしれない。

「恭嗣」

宝龍さんが再びこちらを見た。僕を咎《とが》めるような表情。それから佐伯さんに向き直り、小さなため息とともに告げる。

「知ってるわ」

「……え？」

この返事は予想外だったらしい。佐伯さんは虚を衝《つ》かれたような顔をしている。

「前に恭嗣から聞いてるの」

「そんな……」

佐伯さんがゆっくりと僕を見る。

「どうして……？　わたし、一緒に住んでるのって誰にも内緒だと思ってた」

「まぁ、そうですね」

やむを得ないことで、一時的な措置ではあっても、あまりおおっぴらにはできないことだ。

「だからこそ何かあったときのため、事情を知ってる人がいたほうがいいと思い、彼女には話しておきました」

「何よそれ。そんなの聞いてないっ。わたしは弓月くんとふたりだけの秘密だと思ってた。子どもみたいって笑われるかもしれないけど、それが楽しかった。大事だった。それなのに……！」

佐伯さんは言葉を詰まらせる。

「それなのに弓月くん、とっくに喋っちゃってるし。相手は前の彼女だって言うし。しかも、別れたわりには、まだ仲がいいみたいだし。わたしには昔のことはぜんぜん話してくれなくて――」

が、そこからは堰《せき》を切ったように溢《あふ》れ出した。

「もうわけがわかんない！」

そして、最後に叩《たた》きつけるようにそう言うと、駆け出し、階段を下りていった。

僕は追いかけることもできず、その後ろ姿を見送る。

「……恭嗣」

「……」

「女の扱いが下手《へた》ね」

「否定はしませんよ。どこかの誰かさんとはそんなことを気にするようなつき合い方をしませんでしたからね」

宝龍さんに同居の件を話しておいたのが裏目に出たか。

いや、原因はもっと別の場所か。

まったく。いつの間にこんなことになったのだろうな。

## 6.

「どうするの?」

と、宝龍さんは僕に問う。

「どうしましょうか。佐伯さんが何を怒っているのかさっぱりで――」

「嘘ね」

彼女ははっきりと断じた。

普段から温度の低い声が、今は一段と冷たく感じる。それは僕の精神的要因によるところが大きいのだろうか。

三階に下り立つ。ちょうどそこを通りかかった一年の男子生徒がぎょっとしたのは、上から人が下りてきたのに驚いたことと、宝龍さんの美貌に目を見張ったのと、半々だろう。

「教室に行ってみる?」

「やめときましょう。いま行っても話にならないと思います」

僕らはそのままさらに階段をゆっくりと下りる。

「わかってる? あの子、恭嗣のこと――」

「わかってますよ」

最後まで言われたくなかったので、僕は宝龍さんの発音を遮った。

「わかっている、というと語弊がありますね。僕は超能力者じゃありませんから。……何となく、そう感じているだけです」

「だったら――」

「でも、それは未確定です」


たとえ僕がそう感じていても、佐伯さんが明言したり意思表示をしない限り、それは未確定情報でしかない。推測だ。確証のない自惚《うぬぼ》れはしたくない。


「私の目にもそう見えたわ」

「それでもです」

あくまでも観測による推測であって、結論は下せない。

「恭嗣はどうなの？」

宝龍さんは違うアプローチで、再び僕に水を向けてきた。

「僕ですか？」

「まったく気にもとめてないってわけじゃないんでしょう？」

「……」

「……」

沈黙という名の空白《ブランク》。

階段の踊り場に到達した。体の向きを百八十度変え——そこで僕は口を開いた。

「佐伯さんと一緒に生活するようになって、もう一ヶ月になります」

「それが？」

「いえ、ただそれだけです。そう思っただけ」

「下手な誤魔化し方」

宝龍さんは呆れたようにため息を吐いた。……まぁ、自分でもそう思うが。

「お互い好きでもないのにつき合ってみた男女を、僕は知っています」

「奇遇ね。私も知ってるわ」

「……茶番でしたね。あれと同じ轍《てつ》は踏みたくないものです」

同意を求めるように言ってみたが、しかし、宝龍さんからの反応はなかった。

道程は二階へ。僕ら二年生の教室が集まる階だ。

「その茶番の話、あの子にしてあげたら？　私のことはかまわないから」

「必要があれば、ね。でも、できることならしたくないです。あまり面白い話ではありませんから」

「そう」

　宝龍さんは感情を交えない平坦な声で言う。

「私はこの件に関して口をはさめる立場じゃないから、恭嗣のやりたいようにやればいいわ。……兎に角、私のことは気にしなくていいから」

「わかりました」

「じゃあ、私は先に戻るわ」

　そう言うと僕の返事を聞く前に、早足で先に行ってしまった。

　僕は逆に心持ちゆっくり歩き、彼女とタイミングをずらして教室に戻った。

§§§

　放課後、
　僕は終礼が終わると素早く教室を出た。昇降口で上靴から学校指定の革靴に履き替えるが、まだ帰るつもりはない。
　昇降口を出たところで佐伯さんを待つ。
　幸い放課後のここにはほかのクラスの友達を待つ生徒が多く集まるため、僕が人待ち顔で立っていても目立つことはない。午後に買ったお茶のペットボトルを鞄から取り出し、ひと口飲んで喉を潤した。

程なくして下校のピークを迎え、昇降口から大量の生徒が吐き出されはじめた。友達を待つ生徒も増え、彼らはそれぞれの待ち人と合流して校門を出ていく。しかし、その中に佐伯さんの姿はなく、さらに下校ラッシュが過ぎ、生徒の流れが一旦《いったん》途絶えても、やはり最後まで彼女を見つけ出すことはできなかった。

見逃したのだろうか？　いや、それはないだろう。もちろん、佐伯さんが僕を避けているなら別だが。

結局、佐伯さんが出てきたのは、それから優に一時間はたった後。ちょうど僕がペットボトルに口をつけようとしていたときだった。都合のいいことにひとり。

「佐伯さん」

僕の声でようやくこちらに気がついたようだ。彼女は大きな目をさらに大きく見開き、驚きをあらわにした。

それから一瞬だけ、泣き出しそうな顔。

そして、胸に拳《こぶし》を当て、困ったように視線を地面に彷徨《さまよ》わせた後——顔を上げた。

佐伯さんがこちらに向かって歩いてくる。僕のほうからも寄っていった。

「ど、どうしたの？」

そう問う声には戸惑いの色。

「佐伯さんを待ってました」

「……」

「一緒に帰りませんか？」

押し黙る佐伯さんに、僕は続けた。

「行きましょう」

こうして立っていても仕方がないし、実際に歩き出したほうが口も滑らかになるかもしれない。逆にまったく何も話さなくても、それならそれでいいと思っている。

僕は足を踏み出した。

「待って」

が、直後、佐伯さんに呼び止められ、一歩足を出しただけに終わった。

「弓月くん、ずっとわたしを待ってたの？」

「ええ、まぁ」

「たまたま何かの用でこの時間になっただけじゃなくて？」

「そうです。教室をいちばんに出て、ずっとここで待ってました」

「……」

「……」

短い沈黙を経てから。

「変なの。だったら電話かけるかメール送るかすればいいのに」

「それも考えたんですが、そういうツールを使わずに会えたらいいなと思ったんです」

僕がそう言うと、佐伯さんはぷっと吹き出した。

「変なの」

先と同じ台詞をもう一度口にする。

「そんなに変ですか？」

「弓月くんって、もっと合理的で効率的にものを考える人だと思ってた」

「そういう部分があることも否定しませんよ。でも、基本的には無駄を愛する性格のつもりです」

「ふうん、そうなんだ」

佐伯さんは可笑《おか》しそうに僕を見上げてくる。心の奥を覗かれているような、落ち着かない気分にさせられる視線だ。

「兎に角、帰りましょう」

僕はその視線から逃げるようにして背を向け、歩き出した。すぐに佐伯さんも横に並び、ふたりそろって校門を出る。下校時間を完全に外れてしまったので、水の森の生徒の姿はほとんどなかった。

さっきまでの饒舌《じょうぜつ》さが嘘みたいに黙って歩く。

しばらくして佐伯さんがぽつりとこぼした。

「弓月くんが言った通り、すごい美人……」

「宝龍さんですか？　そうですね。僕もそう思います。初めて見たときは驚きました」

去年の四月、一年生最初の授業の日。彼女を見たときの衝撃は今でも忘れられない。

もちろん、その彼女と後につき合うことになるとは、そのときは思いもしなかったわけだが。

「あんなきれいな人と、どうして別れたの？」

「……」

言葉はすぐには出てこなかった。

どう話したものか、どう切り出せばいいか、言葉を探す。

「僕と彼女は――」

「……話して、くれるんだ」

意を決して言いかけたところで、佐伯さんが割って入った。

「そのつもりです」

「どうして?」

――どうして?

――どうしてだろう?

「そうですね。佐伯さんには僕についてのいろんなことを知っておいてほしいと思ったからかもしれません。だから君が知りたいのなら、できるだけ話そうと」

同居人なのだからお互いのことは知っておくべきだ――そんな建前を言うのは簡単だが、そういう誤魔化しはよそう。

とは言え、今、彼女に面と向かって口にできるのは、これが精いっぱい。

「……」

なのだが、さすがに何か反応をくれないと、こちらも困る。

「話を戻しましょう。……僕と宝龍さんは――」

「もう、いいよ」

再び佐伯さんが僕の発音を遮った。

「弓月くん、なんか言いにくそうだから……いい」

「……」

しっかりバレてるな。

宝龍さんも言っていたか。佐伯さんは僕のことをよく見ている、と。

「でも、話してくれる気になったんだよね。じゃあ、今はそれだけでいい。それだけで嬉しいから。また今度話して」

「……わかりました」

少しほっとした部分もあった。

結局のところ、やはりあまり話したくない話題ではあったし、それを聞いた佐伯さんの反応が怖かったのだろう。

佐伯さんのほうはというと、ご機嫌が麗しく回復されたようで、足取りも軽やかなものに変わっていた。やはり彼女はこうあるべきだ――その姿を見て、改めて思った。

大きな交差点で、僕らは九十度折れる。

信号は、ちょうど青。横断歩道を渡るとき、佐伯さんは白い部分だけを踏むようにして歩いていた。歩幅が合わなくて次第に大股《おおまた》になり、それでも間に合わなくなると、最後には跳ねるように渡った。

彼女のほうが僕より三歩ほど早く渡り切った。

その勢いで数歩進んでから、ぴょんと跳ねてこちらを振り返る。後からくる僕を迎えるように立ち止まった。

「ゴールデンウィークはどうするの？」

佐伯さんは僕に聞く。

「僕はこの前言った通り、佐伯さんに合わせますよ。君は親戚のところでしたっけ？」

「ううん、やめた。こっちにいようと思う」

「そうですか」

なら僕もそうしようか。


「ねぇ」

佐伯さんはそう切り出してから、一拍おいて。

「デートしようか、ゴールデンウィーク」


「……」

さすがにちょっと面喰《めんく》らう、唐突な提案だ。

「いいですよ」

でも、まぁ、それも佐伯さんらしいと言えば佐伯さんらしい。

「ほんと⁉　やったぁ」

彼女は嬉しそうに歓声を上げると、弾むような足取りで再び歩き出した。

僕も後を追う。

と、少ししてから佐伯さんはまたもこちらを振り返り、足を止めた。

「喉渇いちゃった。そのお茶ちょーだい」

彼女が示すのは、僕が学校を出たときからずっと手に持っていたペットボトル。

思わずそれを見た。

「飲みかけですよ？」

「いいよ。わたしは気にしないから」

佐伯さんは僕を試すような笑顔を向けてきた。

「そこまで言うならいいですよ。ぜんぶ飲み切ってくれたら、僕に被害はありません」

「被害ゆーなっ」

むっとして言いながらも、彼女は僕の差し出したペットボトルを受け取った。キャップを外し、特に躊躇《ためら》うこともなく口をつけた。こくこく、と小さな音を立て、喉の奥に流し込む。

「はい」

そして、少し飲んでから、それを僕に突き出してきた。

「は？」

「もういい。返す」

「ぜんぶ飲んでください」

「いいの。もう十分飲んだから」

「……」

突きつけられているのは、キャップの開いたペットボトル。果たして僕は何を求められているのだろう？　これは試練か何かだろうか。

佐伯さんを見ると、あの試すような笑顔があった。

「まったく……」

返されてきたそれを受け取り、彼女がしたように僕も口をつけた。中身は気持ち程度にしか残っていなかったので、飲んでしまうのはひと口だった。

それを待っていたかのように、佐伯さんが跳んで距離を詰めてきた。

僕の腕を取り、自分の両腕を絡めてくる。

「さ、帰ろっ」

僕がよろめくのもかまわず、腕を引っ張って歩き出す。

「ゴールデンウィーク、どこ行こっか？　楽しみだね」

「そうですね」

どちらかと言うと、また何かトラブルがありそうな予感がしているが、きっとそれも佐伯さんがいれば楽しいものになりそうな気がする。

そうか。もうゴールデンウィークは目の前なのか。
家にはテキトーに理由をつけて帰れないと連絡しておかないとな。

# 挿話 「彼女です」と彼は言ってしまった

I'll have Sherbet!

1.

ゴールデンウィーク初日の朝。

休日なのでいつもより遅い起床。時計の針はもう八時半近い。

わたしはさっそくベッドを抜け出し、パジャマから部屋着に着替えた。上はTシャツに薄手のフード付きパーカー。下はショートパンツ。ナマ足が健康的、且《か》つ、色っぽい。

色っぽい？

「……」

うーん、果たして彼がそんなことを思ってくれるだろうか。くれないんだろうなぁ。

気を取り直して部屋からリビングに出る。無人。彼はまだ寝ているよう。

彼は起こすまで起きない。起こしたら起きるけど、起こすまで起きない。でも、起こさなかったら、勝手に起きてくる。……わたしはあまり関係ないのかもしれない。

ひとまずリビングの全面窓を開けて換気。こもって淀《よど》んだ空気を新鮮なものと入れ換える。それから洗面所に行って顔を洗い、不思議な光彩を持つ（彼も綺麗《きれい》だと言ってくれた！）自慢の髪にブラシを通した。

それからキッチンに戻って朝食の用意。

今日は起きたときからホットケーキと決めてある。どこかのファーストフード店の朝メニューみたいだとか、何日か前もそうだったとかは気にしない。

ホットケーキは面倒だ。それでもやれてしまうのは、ひとりじゃないから。一緒に食べてくれる人がいるから、少しくらい手間でもやろうと思える。

さて、サイドメニューであるソーセージとカリカリベーコンもできたので、そろそろ彼を起こしにいこう。

わたしはコンロの火をギリギリまで弱めてから、その場を離れた。

彼の部屋をノックする。

と、同時に突入。

「グッモーニンッ」

その部屋のベッドに眠っているのは、弓月《ゆみづき》くん。この家での同居人だ。

同居人……。

うん、同居人。


何となく再確認。


弓月くんは、わたしの声と入ってきた音で起きはじめる。

「う、ん……」

ベッドの上で身をよじった。

わたしはそんな弓月くんを見下ろし、

「むー……」

思わず小さな声が口から漏れる。

最近はずっとこんな調子だ。何となく弓月くんの顔に見入ってしまい、落ち着かない気持ちになって、変な声を出してしまう。落ち着かない気持ちはくすぐったい感じに似ているけど、それとは少し違っている。

（要するに、わたしは……）

と考えて、内心苦笑。我ながら単純だと思う。

この春からのひとり暮らしは期待もあったけど不安も大きかった。そこにきて部屋の二重契約で一時はどうなるかと思ったけど、相手がこの人なら大丈夫だと直感した。

(そのときにわたしはそれが気になって……)

そうして一緒に暮らしているうちに、すっかり彼と馴染《なじ》んでしまった。

——弓月くんが目を覚ました。

目。

そう、目だ。

初めて会ったその日から気になっているのは、その目。

彼は普段から眠そうな目をしている。でも、時々その深い色の瞳《ひとみ》に目の前にあるものを映しながら、本当はもっと別のものを見ているような眼差《まなざ》しをするのだ。それが気になった。そして、それが今ではわたしを不安にさせる。わたしなど見えていないのではないかと、そんな思いに駆られる。

どうしてそんな目をするのだろう？

何を見ているのだろう？

彼は何か秘密や事情を抱えているように見えて、それが何なのか知りたかった。

尤《もっと》も、その目も今は眠気で光が弱い。

「おはようございます、佐伯《さえき》さん」

そう挨拶《あいさつ》をされて、わたしは慌てて笑顔を用意する。

「おはよう。朝ごはんできてるよ」

「わかりました。着替えてから行きます」

弓月くんは気がついていないかもしれないけど、こう答えるときの彼は頭の回転が本調子でないせいか、時々無防備に笑顔を見せてくることがある。ちょっとかわいい。

「うん。待ってるから」

そして、そんな普段では絶対見ることのない表情にドキッとしたわたしは、逃げるようにして部屋を出ていくのだった。

§§§

ダイニングキッチンのテーブルで、向かい合って朝食を食べる。

「ねぇ、今日は一ノ宮《いちのみや》のほうに遊びにいってみない？」

ここにきて初めての大型連休。わたしは提案してみる。

一ノ宮は、学園都市の駅から電車で二十分ほど行ったところにある、同じ名前のターミナル駅を中心にした繁華街のこと。学校帰りの遊び場としては定番の場所だ。でも、残念ながら電車通学をしていないわたしとは縁が薄い。

「いいですね。じゃあ、午後からでも行きますか」

弓月くんは誰にでも、年下のわたしにすら、敬語で話す。前に一度どうしてと聞いたら、「そういう性格なんですよ」と自嘲《じちょう》気味に、でも、どこか寂しげに笑って、誤魔化《ごまか》されてしまった。それ以来もう聞いていない。理由は未《いま》だわからないままだ。

敬語や礼儀作法は外交では武器だったと聞いたことがある。交渉の席で本心を明かさない、真意を悟られないための武器。弓月くんはまさにそれ。

読めない人。

でも、攻め方を間違えなければ案外脆《もろ》い。

「夏に向けて水着を見たいなぁ」

「……早くないですか？」

ほら、返事がワンテンポ遅れた。一瞬目が泳いだのも、わたしは見逃さなかった。

「早くないよ。ゴールデンウィークが終わったら、もう夏は目の前だしね。デパートのファッションフロアに行ったら、今年の水着が並んでるはずだよ」

「そうだとしても、それなら女の子同士で行ったときに見ればいいじゃないですか」

「そうなんだけどそこは、ほら、男の子の目線での意見もほしいかなって」

我ながら苦しい言い訳。でも、大丈夫。弓月くんはすでにいっぱいいっぱいのはずだから。

「もう高校生なんだから大胆めにビキニとかどうかな？」

「……さぁ、僕には何とも」

コメントを極力避けつつ、黙々と朝食を進める彼。

「ねぇ、弓月くん」

わざわざ名前を呼んで、こっちを向かせる。

「わたし着やせするタイプだから目立たないけど、けっこう胸あるんだよ」

「……」

弓月くんの目だけが動いて、視線がわずかに下がった。……あ、しまった。こんなことならパーカーじゃなくて、もっとぴったりしたタンクトップにしておけばよかった。

「ウェストも細いし」

「僕にそんなことを言われてもね」

「触って確かめてみる？　ウェストと……なんなら胸も？」

直後、弓月くんの動きが止まった。

そして、

「莫迦《ばか》なこと言ってないで、さっさと食べなさい」

「はーい」

わたしは心の中で舌を出す。

このあたりがボーダーラインだと思っていたけど、予想通りだった。

うん、かわいい。


と、そのとき、インターフォンが鳴った。

わたしたちは無言で顔を見合わせた。誰だろう？　さぁ？

時間は九時を少し過ぎたところ。わたしも弓月くんも友達に家をおしえていないので、誰かが遊びにくることはまずない。あと思い当たるといえば働きものの運送屋さんくらいか。

弓月くんは、腰を浮かしかけたわたしを手で制し、先に立ち上がった。

ドアフォンに出る。

「はい。……は⁉」

と、その口から彼らしからぬ大きな声が発せられた。

「い、いや……ちょっと待ってください」

やけに慌てている。相手はいったい誰で、どんな用件なのだろう。

彼は一旦《いったん》ドアフォンを置いた。

「弓月くん？」

しかし、わたしの声も耳に入らない様子で、リビングを抜けて玄関のほうへと消えていった。

「なんで――、君が――」

「……――。――」

やがてかすかに聞こえてきた言い争いのような声。ここまで届くのは弓月くんの、しかも、断片的な声だけだけど、ただならぬ様子であることはわかる。

気になったわたしはリビングから玄関を覗《のぞ》いてみた。

手前に弓月くんの背中。

その向こうに――お人形のような女の子が立っていた。

年はわたしと同じくらい。モノトーンのいわゆるゴシックロリータと呼ばれる衣装に、足元は編み上げブーツ。セミロングの髪も艶《つや》やかな黒なので、彼女だけ神様が色をつけ忘れたかのようだ。そんな別世界の住人のように思えたのは、彼女自身表情の変化に乏しくて、人形めいていたからかもしれない。

傍らにはアンティークな旅行鞄《トランク》が置いてあった。

「……お客さん？」

わたしは少々現状把握に手間取ったものの、ようやくとてつもなく基本的な問いを口にした。

「あぁ、佐伯さん」

弓月くんはそこで初めてわたしが奥から出てきていたことに気がついたようだ。

「僕の妹です。ゆーみ。連絡もなく遊びにきたようなんです」

「あ、そうなんだ」

妹がいるとは聞いていたけど、顔を見るのはこれが初めてだ。

確かに似ているかも。弓月くんは眠そうな顔のわりには目つきが鋭いけど、彼女は目が切れ長で顔も全体的にシャープだ。弓月くんとベーシックなところでよく似ている。

弓月くんの妹さん——ゆーみさんはその切れ長の目でわたしを見て、

次に弓月くんに目をやり。

「……誰？」

と、口を動かした。

弓月くんがわたしを見た。わたしも弓月くんを見た。

「……」

「……」

わたしが彼女を見て誰だと思ったように、彼女の疑問も至極当然のものだ。

困った。

この様子だと弓月くんは家族にルームシェアのことを話していないのだろう。正直に言っていいものか、それとも何か嘘《うそ》で誤魔化すべきなのか。

困ったのでここは弓月くんに任せよう。

その弓月くんは妹さんに向き直り、コホン、と咳払《せきばら》いをして。

「僕の彼女です」

と、言ってしまった。

「……え？」

「えっ⁉」

ゆーみさんの声にわたしの声がかぶった。もちろん、それでは不審がられるので、すぐに平静を装った。

が、心中は、

(ええええ~~~~~っ‼‼)

かなりパニック。

彼女？　彼女って言った？

それはいい。いいんだけど。

こんな時間に一緒に朝ごはんを食べてる彼女って、つまりもうお泊りコースもしちゃう彼女ってことに、ならない……？

## 2.

ゴールデンウィーク初日の穏やかな朝の食事風景は、モノトーンの来訪者によって、一転して落ち着かないものに変わった。

理由はふたつ。

ひとつは、この家に初めてわたしと弓月くん以外の人が足を踏み入れたこと。もうひとつは、弓月くんが妹さんに、わたしを彼女だと言ってしまったこと。こっちはわたしの個人的な理由だ。

さて、その妹さん――ゆーみさんは今、リビングを見ている。テレビや座椅子《ざいす》などをひとつひとつ表情に乏しい顔で見ては、うん、と何やらうなずいている。何だかあちこちチェックされているみたいだ。

そして、朝食を急いですませた弓月くんは、彼女が変なことをしないように……かどうかは知らないけど、ずっと妹さんの動きを目で追っている。

「……ここは兄さんの部屋？」

リビングにあるドアのひとつを見ながら、ゆーみさんが尋ねた。彼女の声は透明感があるけど、冷たいガラスのような印象を受ける。

「そうです」

「見ていい？」

「どうぞ」

さっそくゆーみさんはドアを開けた。中には這入《はい》らず、入り口から室内を見回すだけ。

「相変わらず几帳面《きちょうめん》な部屋」

彼女は少しだけ表情を崩して笑った。

「まだここにきて一ヶ月ですからね。家《うち》ほどものがなくて、よけいそう見えるんですよ」

弓月くんは言い訳のように言うけど、実家の部屋がきれいに整理されていることには間違いないらしい。わかる気がする。

「あ、パソコン。……ハードディスクの中、漁《あさ》っていい？」

なんかそこはかとなく悪意を感じる。

「絶対ダメです」

対する弓月くんはきっぱりと断った。今度こっそりと見てみよう。今後のため、傾向と対策がわかるかもしれない。

それは兎《と》も角《かく》。

わたしは朝食を食べながら考える。

弓月くんは、わたしのことを彼女だとゆーみさんに紹介してしまった。だったら、それらしい振る舞いをしたほうがいいのだろうか。でも、具体的にどんなふうに？　やっぱりイチャイチャ？

「……」

弓月くんとのスキンシップを想像したらちょっとドキドキしたけど、それは何かおかしいような気がする。

ゆーみさんのガラスの声で現実に引き戻された。彼女が見ているのはわたしの部屋のドアだ。

「兄さん、こっちは？」

「そっちは倉庫状態ですから、中は見ないでください」

弓月くんはやわらかくもはっきりと禁止の意思を告げた。

確かにそこを開けられたら困る。部屋が汚いとかそういう意味ではなくて――ベッドの上にパジャマがまだ脱ぎっぱなしになってるかもしれないけど、そこがわたしの部屋だということがわかったら、自然、一緒に暮らしていることがばれてしまう。

「……ふうん」

ゆーみさんは気のなさそうな返事をしながらも、それから少しの間その切れ長の目で訝《いぶか》しむようにドアを見つめていた。

そうしてから今度はわたしを見た。部屋からわたしという流れが意味ありげで気になる。

わたしはまだ朝食を食べていたけど、その手を止めて彼女の視線を受け止めた。

「……今、朝ごはん？」

ゆーみさんは平坦《へいたん》な声で問うてくる。

「ええ、そうよ」

「つまり、泊まった？」

やっぱり、というか、当然のように気がついたらしい。こんな時間に朝食を食べている以上、その連想はごく自然だ。

わたしは弓月くんを見た。

（うわ……）

すると、弓月くんはゆーみさんからは見えない死角で、苦虫を噛《か》み潰《つぶ》したような顔をしていた。今にも頭を抱えそうだ。心の声を代弁するなら「しまった……」だろうか。

もしかして、気づいてなかった……？

わたしを彼女だと紹介した時点でこうなることは予想がつきそうなものだけど、どうやら弓月くんはそこまで考えが到達しなかったらしい。どんだけテンパっていたのだろう。

でも、この瞬間、わたしの方針は決まった。

「そう。昨日、学校が終わってからここにきて、朝まで弓月くんと一緒」

わたしがわざと嬉《うれ》しそうにそう言っても、ゆーみさんは特に表情を変えなかった。弓月くんはすごく何か言いたげだったけど、言葉は出なかったよう。

さて、次はどうしよう？　これが初めてのお泊まりか、そうじゃないか。どっちが面白いだろう。わたしは少し考えて——決めた。

「別にこれが初めてってわけじゃないから、今日はちゃんと朝ごはんの用意もしてきて、わたしが作ったの」

「……」

特に反応なし。

「ね、弓月くん？」

なので、弓月くんに振ってみる。

「え？　ええ、そうです。佐伯さんの作った朝食、美味《おい》しかったですよ。またお願いします」

「うん、こんなのでよかったら、いつでも。また今度泊まりにきたときにね。いつにする？　今日さっそく？　わたしはそれでもかまわないけど」

またお願いしますだなんて、弓月くんってば情熱的。

「佐伯さんって——」

ゆーみさんが口を開いた。……あ、向こうで弓月くんが首を吊《つ》りそうな顔してる。もういっそのこと正直に言ってしまえばいいのに。引くに引けないんだろうなぁ。

「兄さんと同じ学校？」

「そう。学年はひとつ下だけど」

「ふうん……」

今日何度目かの「ふうん」。

「わたしと同い年」

ぽつりとこぼしてから、モノトーンのゴシックロリータの衣装と黒髪を揺らして今度は弓月くんへと向き直った。

「……兄さん?」

「何ですか」

投げやりに聞こえなくもない弓月くんの声。

「学校がはじまって一ヶ月もたたないのに、もう新入生をつかまえるなんて、早くない?」

「……まぁ、こういうことに時間は関係ありませんから」

心にもないことを言っているのがありありとわかる返事だ。弓月くんをいじめているみたいで、ちょっと楽しいかもしれない。

「瑞穂《みずほ》に美《み》ゆきに、とっかえひっかえね。兄さん」

「そこにその名前を入れないでください」

え？　今、ゆーみさんの口から聞き捨てならない言葉が出たような気がする。

美ゆき、は知っている。宝龍《ほうりゅう》美ゆき——弓月くんが前につき合っていたという元カノ。驚くほどきれいな人だ。

じゃあ、瑞穂って誰？　その人も元カノ？

わたしは説明を求めるように弓月くんを見たけど、こっちの不安など気がつかない様子で、向こうでは兄妹《きょうだい》のやりとりが続いていた。

「ところで、ゆーみ。ここに何しにきたんですか？」

「別に。ただ兄さんの新しい生活がどんなのか見にきただけ。一度も帰ってこないし。

……こういう理由だったわけね」

「それについてはもう何も言いたくありません」

疲れ切ったように弓月くんは嘆息した。

「まさか泊まる気じゃ……」

「安心して、そのつもりはないから。でも、遠路はるばるやってきたかわいい妹に、兄としてサービスはしてほしい」

「はいはい。いいですよ。それくらい」

弓月くんは渋々、というわけではなく、まんざらでもなさそうに承知した。何となく普段の関係が窺《うかが》える。

「というわけです。いいですか、佐伯さん」

「え？　あ、うん。わたしもいいよ」

これで一ノ宮のほうに遊びにいくのは中止かな。

大変な一日になりそうだ。弓月くんの彼女を演じて、一緒に暮らしてることは隠して。それから——瑞穂って誰なのか聞き出さないと。

3.

朝食の後片づけは弓月くんがやっている。いつもならわたしの役目だけど「ここは僕の家で、君はお客さんってことになってますから」とのこと。少し意地悪く「お泊りの？」と聞き返したら、無言で頭をこつんとやられてしまった。

そんなわけで、今、わたしはリビングにいる。そばにはゆーみさんがフローリングの床にぺたりと座って、ゴスロリのスカートを大輪の花のように広げていた。

「もしかしてゆーみさんも学校は学園都市？」

とりあえず当たり障りのない話題から。ゆーみさんは首を横に振った。艶やかな黒髪が揺れる。

「違う。家から遠いけど、もっと別の場所」

「じゃあ、私立？」

「そう。制服はなくて、私服登校」

「へぇ……って、もしかしてそれで学校いってるの⁉」

それとはもちろんゴスロリ服のこと。

わたしが尋ねると、ゆーみさんは当然だとばかりにうなずいた。行ってるらしい。なかなかの猛者《もさ》だ。

「ゆーみは私服で行けるから、今の学校を選んだんですよね」

そう口を挟んだのは弓月くんだ。洗いものを終えてこちらへとやってきた。

「私はただ担任の先生のやり方が気に喰《く》わなかっただけ。お前がいける学校は公立ならこのあたり、私立ならここところって、まるでほかに選択肢がないみたいに言うから」

「確かに成績で区切って振り分けるようなやり方ですが、たいていはそんなものですよ。僕のときもそうでした」

「だから私は意地でもほかの学校に行こうと思った」

ゆーみさんが少しだけむっとしたような表情を見せた。当時のことを思い出したのだろうか。よほど担任の先生のやり方が不満だったらしい。

「そのわりには今の学校に決めた決定的な理由が、制服がないから、ですよね」

「それは否定しない」

「とは言え、そのために努力したゆーみは、僕はえらいと思います」

「……」

ゆーみさんは黙った。口を尖《とが》らせ気味で、居心地悪そうに目を逸《そ》らしたりしている。わたしにはそれが、褒められて照れているように見えた。これで意外にお兄ちゃんっ子なのかもしれない。

「ところでふたりとも、コーヒー飲みますか?」

「はーい、もらいまーす」

わたしは真っ先に手を挙げた。

「ゆーみは?」

「……いる」

簡潔な返事。

それぞれの返事を聞いた弓月くんが再びキッチンに戻っていく。

「弓月くんって家でも優しい?」

家族と一緒にいるときの弓月くんに興味があったので、わたしは尋ねてみた。すると、ゆーみさんは人形めいた動きでうなずいた。言葉は添えられなかった。

「そっか。弓月くんのコーヒーって美味しいよね」

「私は人が淹《い》れてくれたものなら、何でも美味しく感じる」

「……」

弓月くん特製のコーヒーも、このへそ曲がりにかかったら形無しのようだ。

「兄さんがひとり暮らしをはじめたせいで、それも飲めなくなったけど」

そして、拗《す》ねたように言い加えた。

やっぱり素直じゃない。


「はい、どうぞ」

弓月くんが戻ってきた。

右手にはわたしのマグカップ、左手には来客があったときのための予備のカップがあった。弓月くんはわたしがカップ一杯に対してどれだけの砂糖とミルクを入れるか知っているので、どちらもすでに投入ずみだ。たぶんゆーみさんに対してもそうだろう。

弓月くんはわたしたちの前にそれぞれのカップを置いてから、再びキッチンに自分のを取りにいった。

「で、ゆーみ。これから何をするか、希望はありますか？」

立ったままコーヒーをひと口飲み、聞く。弓月くん行儀悪い。

「別に。私は兄さんの様子を見にきただけだし、このまま家でのんびりしてても——」

「それは却下させてください」

弓月くんはゆーみさんの言葉が終わらないうちに言い切った。そう言ったのはずっと家にいるとボロが出そうだからだろう。

ゆーみさんが不思議そうに首を傾《かし》げた。

「せっかくわざわざきてくれたのに、ただ家にいるだけじゃもったいないという意味です」

「理解」

それを受けて彼女はうなずいた。

「じゃあ、兄さんが気に入ってるという学園都市の駅の周りを案内して」

「いいですよ。もう少ししてから昼食に合わせて出かけましょうか」

弓月くんが兄の顔で笑った。

§§§

「じゃあ、そろそろ着替えてこようかな」

食後のコーヒーで少しの間ゆっくりしてから、わたしは出かける準備をすべく立ち上がった。

時刻はもう十時を過ぎていた。今から駅のほうへ行って、駅前でふらふらしていたら、すぐにお昼どきになるだろう。

わたしは自分の部屋のドアノブに手をかけ――そこで動きを止めた。

振り返ると、案の定、ゆーみさんがこちらを見ていた。

「えっとね、ここにわたしの荷物が置いてあるの」

少し前に弓月くんが倉庫状態だと説明した部屋に、勝手知ったる他人の家とばかりに入っていくのも変だろうと思って言ったのだけど、どうにも取ってつけたような説明になってしまった。

ゆーみさんが無言でうなずくのを見てから、わたしは部屋に入った。

「さて、どんなのにしよっかな……」

別に何を着てもいいのだけど、ゆーみさんがゴスロリなだけに、何となくこちらも対抗したくなる。

決めた。いつぞやのパンクロリータにする。カットソーとアームウォーマーに、膝丈《ひざたけ》のスカート。ほとんど黒だ。ついでに髪もパンク系ポニーテールにまとめてみた。

「おまたせー」

手早く着替えて部屋を出る。弓月くんの反応も気になるけど一度見せているので、先にゆーみさんの様子を窺った。

「む……」

と、小さく不機嫌そうなゆーみさんの発音。わたしのスタイルは何か刺激するものがあったらしい。

「……」

「……」

思わず睨《にら》み合ってしまった。

§§§

三人で駅へと向かう。

弓月くんとゆーみさんは、並んで歩きながらお互いの近況報告を交わしている。ゆーみさんのアンティークな旅行鞄《トランク》は弓月くんが持っていた。

そのふたりの後ろを、わたしが少し離れて歩く。

兄妹や家族の話に遠慮したというのもあるけど、このときのわたしは考えごとをしていた。

（瑞穂、かぁ……）

　瑞穂。

　ゆーみさんが口にした名前。弓月くんとの関係は不明。宝龍さんの名前と並んで出てきたのだから、やっぱり前につき合っていた人なのだろうか。いったいどんな人だろう？　宝龍さんみたいに美人？　それとも正反対にかわいい系？　わたしと比べてどう？

「……」

　聞いてみたいけど、あれっきり話題に上らないし。タイミングがつかめない。

　そのとき、ゆーみさんが足を止め、振り返った。

「え？　なに？」

　わたしも立ち止まった。

「兄さんと並んで歩いたりしないの？」

「あ、うん。でも、今はゆーみさんがいるから」

「気にしなくてもいいのに」

ゆーみさんは笑うでもなく透明なガラスの声で言うと、さっと弓月くんの隣をあけた。

「えっと、じゃあ……」

わたしはおずおずとその位置に進んだ。弓月くんの隣。こうやって改めてそこに立てと言われると、何となく気恥ずかしいものがある。


「手はつながないの?」

「へ?」


わたしは間の抜けた声を出して、ゆーみさんを見た。彼女は表情も変えず続ける。

「つき合ってるんだから、いつもそうしてるのかと」

「……」

わたしは、今度は弓月くんに目をやった。

いつもは眠そうな彼の目が少しだけ大きく見開かれ、戸惑いの色を見せていた。わたしだって戸惑っている。だって、手なんかつないだことないし。

目が合った。

「……」

「……」

無言。

でも、ここは彼女によけいな疑念を抱かせないためにもその通りにしよう——その無言の中でわたしたちは意見の一致を見た。

弓月くんの視線が、目を逸らすようにして少し下がった。わたしの手を見たのだ。

「それじゃあ……」

「う、うん……」

弓月くんは誘うように手を浮かし、わたしも同じようにしてそれに応《こた》えた。それでも手を握ることに躊躇《ためら》っていると、弓月くんから手を取ってきた。

初めてつないだ手は、優しい感触だった。

心臓がどきどきしている。

「ゆ、弓月くんの手、冷たくない？」

「そうですか？」

努めて感情を殺した弓月くんの声。

「君の体温が高いだけじゃないですか？」

「そ、そうかも……」

確かにそうかもしれない。少なくとも今のわたしの顔が熱いのは確かだ。

結局、わたしたちは手をつないでいる間中、ひと言も話さないままだった。

§§§

駅とショッピングセンターの間に広場がある。地面がきれいなタイル敷きになっていて、端のほうにはイベント開催時のための客席もある。

駅にやってきたわたしたちは、ショッピングセンターでぶらぶらしてから、昼食を食べ、今は広場のその客席部分に腰を下ろしている。上から数えたほうが早いような高い位置に、わたしとゆーみさんが体を心持ち内側に向けるようにして並んで座り、その一段上に弓月くんがいた。三角形の位置関係。

客席の正面では若い夫婦がよちよち歩きの赤ん坊とボール遊びをしていて、見ているだけで頬《ほお》が緩んでくる。

「兄さん」

「ん？」

不意の呼びかけに応えた弓月くんもその親子を見ていたのか、返事には微笑《ほほえ》むような響きが含まれていた。

「因《ちな》みに、子どもは何人くらいの予定？」

「ぶっ」

噴いた。

「いったい何を言い出すんですか⁉」

「ただ兄さんの将来のビジョンが知りたかっただけ。……で、どうなの？」

「どうと言われてもね……」

弓月くんは助けを求めるように、わたしを見た。でも、こっちを見られても困る。そもそも弓月くんがはじめた嘘なんだし。それに今顔を見たら照れるから。

「そんなこと考えてるわけないでしょうが」

「つまり何も考えず刹那的《せつなてき》な快楽を求めていると」

「そういう意味ではありません」

たぶん弓月くんは、将来を誓い合った仲じゃないんだから、そんなことを考えているわけがないと言いたかったのだろう。それをゆーみさんが見事に曲解したわけだ。

「そういうのイクナイ。若者の性の乱れを肌で感じた。お兄様、あなたは堕落しました」

「あのですね……」

弓月くんが呆《あき》れている。

「美ゆきさんのときは、もう少し誠実につき合っていたように見えたけど」

「そうですか？」

弓月くんはなぜか自嘲気味に苦笑した。

最近わかったことだけど、もとから自分のことを他人事《ひとごと》のように語って煙に巻くところのある弓月くんは、宝龍さんのことになると途端に拒絶するような態度になる。たぶんわたしにはその理由を聞く権利を与えられているのだろうけど、未だに聞くことができていない。その勇気がないのかもしれない。

「じゃあ、瑞穂——」

ゆーみさんの口からその名前が出ると、わたしははっとした。弓月くんはどういう反応をするのだろう。

「だから、何でその名前を出すんですか」

弓月くんはぴしゃりと言って、ゆーみさんの言葉を遮った。あまり話題にしたくないのだろうか。

「……冗談」

対するゆーみさんも短い言葉でそれに応じた。

そして、なぜかわたしを見た。

意図は不明。

「そろそろ帰る」

再び弓月くんのほうを見上げ、ゆーみさんが告げた。

「早いですね」

「家まで二時間あるし、目的は果たしたから。それに瑞穂にも会っていくつもり」

「そうですか」

心中複雑そうな弓月くんの声。ゆーみさんと瑞穂さんなる人は友達同士らしい。

「ところで兄さん。何か飲みものを買ってきて。すぐ近くに自動販売機があるけどそこじゃなく、はるか遠くに見えるコンビニまで」

わたしと弓月くんは顔を見合わせた。ゆーみさんが何を意図しているかは考えなくてもわかる。本人も隠すつもりはないよう。

「いいですよ。……じゃあ、ちょっと行ってきますので、佐伯さん、しばらくお願いします」

「あ、うん……」

弓月くんは立ち上がり、客席の階段を跳ねるようにして駆け下りた後、落ち着いた歩調でコンビニへと歩いていった。いつもよりゆっくりかもしれない。

わたしとゆーみさん、ふたりきりになった。

「……」

「……」

小さくなっていく弓月くんの背中を黙って見つめる。
そうして唐突に――、

「兄さんと同棲《どうせい》してるの？」


不意打ち。

でも、本当はどこかでそれがくるのをわかっていたようにも思う。

「知ってたの？」

「わからないはずがないわ。あの家、兄さんの趣味じゃないものがいっぱいあったもの。兄さんの部屋はやっぱり兄さんの部屋だったけど、リビングやキッチンには違う色が混ざってた。それに私は兄さんのことをよく知ってる。仲よくなった女の子を、すぐに部屋に呼ぶほど器用じゃないわ」

「あはは……」

なんとなく乾いた笑いが漏れてしまう。

「言い替えれば、いいかげんじゃないってこと」

「うん、そうだね」

「その兄さんが同棲してる。ちょっと驚いた」

ゆーみさんがわたしを見た。あんまり驚いている顔には見えなかったけど。

「えっとね、同棲じゃなくて、ルームシェアなんだけどね。ちょっと事情があって。だから、別に好きだから一緒に暮らしてるってわけじゃないの」

「ふうん」

ゆーみさんのきれいなガラスを響かせたような相づちは、まるでわたしの言葉に含まれた嘘を見透かしているようだった。

「誤解しないでね」

わたしは念を押した。

でも、誤解とはどの部分を指しているのだろう。同棲という部分か。それとも……。

「瑞穂」

「……」

「気になる？」

なんか嫌な話の飛び方したっ。

「少し……」

それが正直な気持ちだ。いったい弓月くんとどんな関係で、どんな人なのだろう。知りたいけど、それを聞くタイミングをずっと逸している。

「兄さんに聞いてみれば？」

「でも、それは……」

「大丈夫よ」

ゆーみさんはきっぱりと言い切った。

「きっとあっさりおしえてくれるわ。帰ってからでも聞いてみたらいい」

「う、うん……」

そうは言われても、わたしはあまり乗り気ではなかった。


「私、けっこう意地悪な女の子《アリス》だから」


謎《なぞ》めいた笑み。

そして、

「兄さんのこと、よろしくお願いします」

そう言って話を締めくくった。

ちょうど弓月くんが戻ってくるところだった。

§§§

電車に乗って帰っていくゆーみさんを見送った後、わたしたちは帰路についた。

「まさかゆーみがいきなり訪ねてくるとは思いませんでした」

一段落ついてほっとしたのか、弓月くんが今日を振り返って疲れたようにこぼした。

尤も、まだ夕方なので一日を振り返るには少し早い時間だけど。

「まぁ、何とか誤魔化せたからいいようなものですが」

「……」

弓月くん、妹さんを舐《な》めてると、いつか痛い目を見ると思うな。

「とは言え、いずれはタイミングを見て、ちゃんと言わないといけませんね」

「同棲してること？」

「ルームシェアです」

すかさず訂正された。

しばらくは無言のまま並んで歩いた。

駅を離れ、家が近づいてくるにつれて、車も人も交通量が減ってきた。街はさながらきれいなゴーストタウンだ。

わたしは瑞穂について考えていた。結局、ここまで聞けずにきた。弓月くんに聞いたら、果たしてどんな言葉が返ってくるのだろう。

「ねぇ、弓月くん」

ようやくわたしは決心した。背中を押したのはゆーみさんの言葉。——『きっとあっさりおしえてくれるわ』。

「ゆーみさんが言ってた瑞穂って、どんな人?」

「ああ、あれですか?」

確かに弓月くんは特に何かを気にしたふうもなく、受け答えをした。

「あれはゆーみの冗談ですよ」

「だから、どんな人かなって」

「佐伯さんも会ったことのある人です」

「え?」

思いがけない返事《リプライ》。

誰だろう? 宝龍さんは確か美ゆきだし。あとわたしも会ったことがあるといえば、弓月くんの悪口を言ってよけいな忠告をしてくれた人だろうか。でも、あの人と弓月くんはお世辞にも仲がいいとは言えなそうで、とても元カノって感じじゃない。

そういろいろ考えを巡らせていると。

「滝沢ですよ」

「ふぇ？」

一瞬、何を言われたのか理解できなかった。

「滝沢瑞穂。彼の名前です」

「え、いや、だって、瑞穂って……」

「言いたいことはわかります。でも、瑞穂って名前は女性に多いですが、男性にもつけられます。少ないですが」

「……」

そのときのわたしは、酸欠の金魚みたいに口をパクパクさせていたかもしれない。

これが真相？

あぁ、本当に、ゆーみさんは意地悪だ。

まるで静かな台風。

ゴールデンウィーク初日は、台風一過でようやく幕を下ろそうとしていた。

# 第四章 「わたしのことが好きだって言っちゃえばいいじゃない」と彼女は言った

I'll have Sherbet!

1.

ゴールデンウィーク二日目だった。

一日目については、あまり話したくないというのが正直なところだ。いきなり妹がやってきてひどい目に遭った。尤《もっと》も、そのひどい目の半分くらいは僕自身のせいかもしれない。身から出た錆《さび》。つくづくその場しのぎの嘘《うそ》など吐《つ》くものではないと思った。

二日目の本日は、佐伯《さえき》さんと学園都市からいちばん近いターミナル駅、一ノ宮《いちのみや》へと出かけることになっている。

じゃあ十時くらいに出ましょう、と決めたのが朝食のとき。すでに時計の針はその十時を過ぎているが、未《いま》だ彼女が部屋から出てくる気配はない。まぁ、女の子は支度に時間がかかるものと相場が決まっているので、気長に待つとしよう。特に急がなければならない理由もないのだし。

僕はリビングの座椅子《ざいす》に腰を下ろした。テレビは点《つ》いていない。手を伸ばせば届くテーブルの上にリモコンがあるが、あえて点けなかった。

そうして無音の部屋で待つこと数分、

「ごめーん、弓月《ゆみづき》くん。待った？」

ようやく佐伯さんが姿を現した。

彼女の今日のスタイルは、赤いチェックのスカート姿だった。

待ったかと問われると、待ったと答えるよりほかはないのだが、正直にそう言ってしまうのも心が狭い気もする。かと言って、今のリラックスした体勢では、待っていないと返すには無理がある。

結局、僕は回答を避けた。

「今日はまた初めて見る服ですね。出かけるたびに違う服を着ていませんか？」

もちろん、実際にはそうでもない。前に携帯電話を買いにいったときと、昨日は同じスタイルだった。それでも服を着回している印象がない。

「わたし、けっこう着道楽だから。いっぱい持ってきてるんだ」

「そうでしたか。僕なんか数えるほどしか持ってきてませんよ」

尤も、それも家が近いからなのだろうが。夏が近づいたら、夏ものを取りに帰ろう。

「じゃあさ、今日、何か買ったら？」

「安くていいのがあればね。……部屋の窓は閉めてきましたか？」

僕は座椅子から立ち上がりながら尋ねた。

「おっけー」

「こっちも戸締りはオッケーです。じゃあ、行きますか」

リビングの照明を消して、廊下に出る。

玄関では僕が先にスニーカーに足を突っ込みつつ、外に出た。ドアが閉まらないように押さえながら、床を蹴《け》って靴を履く。

振り返ると佐伯さんは、座ってショートブーツを履こうとしている最中だった。……それはいいのだが、どうにもスカートの奥が見えそうだ。というか、たぶん見えている。

僕は気づかぬ振りをして玄関から離れた。

「おっ待ちー」

僕が手を離したドアがあと少しで閉まり切ろうかというところで、それを押して佐伯さんが飛び出してきた。出発準備完了だ。

さして広くないアパートの階段を下りる。

その最中、佐伯さんの涼やかな声が頭上から降ってきた。

「もしかして見えた？」

思わず階段を踏み外しそうになった。

「……何がでしょう？」

「わかってるくせに」

「……」

沈黙は金、である。

「弓月くんのその無関心さは、男の子としてどうかと思うなー」

「佐伯さんのその無防備さも、女の子としてどうかと思いますけどね」

階段を一階分下りて、アパートの表に出る。佐伯さんが僕の横に並んだ。

「いいこと思いついた」

「君がそう言うときは、僕にとってはたいていいいことではありません」

彼女の『いいこと』は、ほとんどの場合、悪巧みに類することと等号で結ばれる。

「ランジェリーショップ行こっか？」

「……行けばいいのでは？　僕は本屋で哲学書でも探してますから」

なぜに哲学書なのかは、言ってる自分でも謎《なぞ》だが。

「弓月くんに選ばせてあげるって言っても？」

「なおのこといやですよ」

何が悲しくて同年代の異性の下着を選ばねばならないのか。

「男の子の好みに合わせようという、女の子の気合いをなんとするか」

「もっと別のところで気合いを入れてください」

「むー」

佐伯さんが不満そうにうなっているが——頑として無視。そして、僕はせいいっぱい、この話はこれで終わり、のシグナルを出す。そうでもしないと彼女はまだまだ続けそうなのだ。


程なく住宅街から大きな通りへと出る。幅の広い道路に、タイルと街路樹で飾られた歩道——と、街並みはきれいなのだが、相変わらず交通量が少ない。

少しの間、無言で歩く。

すると、いきなり佐伯さんが僕の前に回り込んで立ち止まった。何ごとかと思い、僕も足を止める。

「ね、手つながない？」

右手を差し出してくる。

しなやかな長い指と、艶《つや》のあるきれいな爪《つめ》。誰しもが――僕とて例外ではなく、触れたくなるような魅力的な手だ。

「昨日もやったじゃない」

「昨日はそうしないといけない理由があったからです。理由もなくそんなことできませんよ」

「理由は、わたしがそうしたいから……じゃ、ダメ？」

佐伯さんは、照れと自信のなさが同居したような上目づかいの表情で、弱々しい笑みを見せながら聞いてきた。その仕草にどきっとする。

「ま、まぁ、それなら理由として充分かもしれませんね」

さすがにそんなふうに言われたら、そう答えるしかない。僕は棒読み気味に言って、手を差し出す。

「それでは、どうぞ。お嬢様」

「う、うん……」

佐伯さんは戸惑いがちに僕の手を取った。

「そっちの手じゃないです。フォークダンスでもするつもりですか、君は」

「あ、そ、そだね」

彼女は慌てて反対の手を出す。

そうしてようやく僕らは手をつないで歩き出した。……昨日もそうだったが、今日もやっぱりふたりとも駅まで無言だった。

§§§

学園都市の駅前までくると、一気に人が多くなる。ショッピングセンターがあるせいだろう。親子連れの買いもの客が多いのだ。大きな繁華街である一ノ宮に行くにしても電車が手っ取り早いので、駅に流れていく人の数も多い。

そろそろ人目が増えてきて、手をつないでいるのが少々恥ずかしくなってきたころ、ついに顔見知りと会ってしまった。

宝龍美《ほうりゅうみ》ゆきだった。

誰もが振り返りそうな美貌《びぼう》の持ち主は、きれいな黒髪を揺らしながら、改札口から出てくるところだった。これから学校に行くようで、水《みず》の森《もり》高校の制服を着ていた。

さすがは宝龍さんと言うべきか、彼女は僕たちを見ても特に表情を変えなかった。

僕はつないだ手を離そうとしたが、しかし、それよりも早く佐伯さんが強く握り、そこから抜け出せなかった。

「あら、恭嗣《ゆきつぐ》」

「おはようございます、宝龍さん」

そして、そのまま接近。

「ふたりでお出かけ？」

「ええ、まぁ、ちょっと——」

「デートです」

当たり障りのない言葉を選ぼうとした僕の横で、佐伯さんがきっぱりと言い切った。

思わずぎょっとする。

「そうなの。ゆっくり楽しんできて」

しかし、宝龍さんはというと、可笑《おか》しそうに笑っていた。彼女は大人だから、佐伯さんの態度もむしろ微笑《ほほえ》ましく映るのだろう。

「ええ、楽しんできます。下着も水着もぜーんぶ弓月くんに選んでもらいますから」

「いや、ちょっと、佐伯さん……」

佐伯さんはさらにヒートアップしていく。

「大丈夫よ、恭嗣。それくらいわかってるから」

こっちはますます楽しそうだった。ふん、と鼻を鳴らしてそっぽを向いてしまった佐伯さんは放《ほう》っておいて、また僕のほうに話を戻す。

「そう言えば、恭嗣の家、この近くなのよね？」

「近いですね。今も徒歩できましたから」

「そう。じゃあ、一度学校の帰りにでも寄ってみようかしら？」

「宝龍さんがいいのなら」

彼女なら万が一にも間違いは起こらないだろう。少なくとも僕は宝龍さんに手を出そうとは思わない。怖すぎて。

「お話し中のところ悪いんですけど」

と、再び割って入ってくる佐伯さん。

「わたしにも聞いてくれます？　いちおうわたしの家でもあるんですから」

「確かにそうね。じゃあ、今度お邪魔してもよくて？」

佐伯さんなら聞かせておいて嫌と答えるくらい平気でやるかと思ったが、そうでもなかった。

「いいですよ。ただし、わたしがいるときにしてください」

「そういうことね。わかったわ。それにそのほうが面白そう」

「……」

面白そう？　何やらひどいことになりそうな気がして、僕はそこにいたくないのだが。

「さぁ、あまり足止めしてても悪いわね。そろそろ行くわ」

そこまで言ってから、宝龍さんは改めて僕に向き直る。

「恭嗣、最近のあなた、とても面白いわ。少し興味が出てきたかもしれない。……それじゃあ、また学校でね」

そうして僕らの横をするりとすり抜け、長い髪をなびかせて去っていった。

§§§

僕らは切符を買ってから、ホームへと上がった。

「ねぇ、弓月くん」

並んで立って電車を待っていると、宝龍さんと別れて以降ずっと黙っていた佐伯さんがようやく口を開いた。

「あの人ともよくデートしたの？」

「いえ、一度も」

僕は正直に答える。

それに類すること、例えば学校から一緒に帰ったり、そのまま寄り道したりといったことはあったが、休みの日にわざわざ会ったことはない。

「プラトニックな関係？」

「そんなにいいものではありませんよ」

口調《くちょう》が自嘲《じちょう》気味になっている自分に気づいた。

「知ってますか？　恋愛において最初の段階としてまず肉体的なつながりがあって、プラトニックというのはそれを越えたところにある、精神的人格的なつながりのことを差すのだそうです。愛情のレベルとしてはより高次のものとして定義されています」

当然のことながら、僕と宝龍さんではその前段階にも到達していない。

「因《ちな》みに、そう説いたのは哲学者プラトンです」

「あ、それでプラトニック？」

「そのようです」

佐伯さんは、ふうん、と感心したような声をもらす。

「ね、わたしたちもまずは最初の段階からだよね？」

「……」

「……」

「……」

「……今、けっこう大事なこと言ったんですけど」

彼女のむっとした声。

そちらを見なくても半眼で睨《にら》んでいるのが、容易にわかった。

「知りませんよ。聞こえなかったことにしておいてください。ほら、ちょうど電車がきましたから」

タイミングのいいことに、僕らが待っていたホームに電車が滑り込んでくるところだった。

§§§

休日の電車はほどほどに混雑していて、ふたり並んで座るほどの余裕はなさそうだった。若者は立っていろということなのだろう。僕らはそのまま真《ま》っ直《す》ぐ反対側のドアまで進んだ。

ドアに背中をつけて立った佐伯さんが両手を広げる。

「なんですか、その動作は」

「日本じゃこういうとき、向かい合ってくっつくんじゃないの？」

「違いますよ」

時々そういうのを見かけるのは確かだが。

「というか、こんなときだけ日本のことをあまり知らない帰国子女の振りをしないでください。そんなに長く日本を離れていたわけじゃないでしょうに」

「うん。二年」

彼女は悪戯《いたずら》を見つかった子どものように笑った。

それからしばらくはふたりとも黙って電車に揺られていた。佐伯さんはドアの横の手すりを持ちながら、僕は吊《つ》り革《かわ》に摑《つか》まったまま、車窓に流れる景色を見る。

学園都市を貫く路線は高架の上を走っているので、外を眺めていると眼下に街並みが広がり、遠くまでよく見える。


「前も思ったんだけど——」

少ししてから佐伯さんが口を開いた。が、目はまだ外を流れる風景に向けられている。

「あの人、弓月くんのこと名前で呼んでるんだね」

「……そうですね」

事実そうなので、そうとしか答えられない。

「でも、僕は宝龍さんのことを名前では呼んでませんけどね」

「あ、そう言えばそうだね。……どうして？」

佐伯さんが体ごとこちらを向いた。僕らは向かい合うかたちになった。

「抵抗があります。なにせ彼女は年上ですから」

「年上？　弓月くんより少し早く生まれたってこと？」

「ではなくて、まぎれもなく年上なんです。確か佐伯さんには言っていませんでしたね。宝龍さんは一年留年してるんです」

「え、そうなんだ。留年って、成績が悪かったたってこと？」

「まぁ、結論から言えば、そうなりますね」


水の森高校において留年に至る理由は、成績か出席日数くらいしかない。入学試験を最優秀で通過し、新入生総代まで務めた宝龍さんが成績で留年というのも考えにくい話だが、しかし、彼女が一年生最後の定期考査をすっぽかしたのだから仕方がない。再試験の機会も与えられたが、宝龍美ゆきはそれすらも無視し、先生方は苦渋の決断の末、規定に従って彼女を留年させたのだ。


宝龍さんがなぜそんなことをしたのかは、今もって不明である。

彼女なりの理由があったのだとは思う。ただし、宝龍美ゆきは天才型の人間なので、その理由が万人に理解できるものかどうかは定かでない。進級したくないわけがあったのかもしれないし、何かの実験だった可能性もある。

「というわけで、本来ならば彼女は三年に上がっているはずの人なんです。だから、名前で呼ぶようなえらそうな真似《まね》はできません」

「ふうん」

佐伯さんは納得したような、そうでないような複雑な返事をした。

「わたしも弓月くんのこと、名前で呼んでみようかな」

「ああ、それはやめたほうがいいです」

「どうして？」

「試しに口に出してみるとわかりますよ」

こういうのは実際にやってみるのが早い。

「えっと、恭嗣くん……うわ、言いにくい」

「そういうことです」

『ゆきつぐ』プラス『くん』だと、『く』の音がふたつ連なるせいで、非常に発音しにくいのだ。

「むー。弓月くんと名前で呼び合ったら、一歩リードかと思ったのに」

「君はいったい何と戦ってるんですか……」

考えたくもないし考える気もないが。

「ね、弓月くん。この電車、なんかすっごいところ走ってるんですけど」

再びドアのほうに体を向けた佐伯さんが、外に広がる光景を見て驚嘆の声を上げた。

眼下は谷だった。

学園都市はどうやら山を拓《ひら》いてつくられたようで、途中一箇所、妙な絶景が広がっている場所があるのだ。遥《はる》か下には山間《やまあい》を縫うようにして道路が一本走っている。そこを走る自動車はミニカーよりも小さく見える。そして、ここを境にして、学園都市らしい風景は姿を消すことになるのだ。

「佐伯さんは見たことなかったですか？」

「うん。まだ電車で遊びにいったことないしね。試験とか引っ越しとかで何度か通ってるはずだけど、そんな余裕もなかったから」

彼女は外に目をやったまま続ける。

「ついでに言うと、一ノ宮も初めて。ほら、少し先に新幹線に連絡してる駅があるでしょ？　あそこからきて、いつも一ノ宮は素通りだったし」

「なるほど」

逆に僕は去年一年、一ノ宮で別の路線に乗り換えていたので馴染《なじ》みが深い。

「だからね、すっごく楽しみ」

佐伯さんは再度こちらに向き直り、僕を見上げて無邪気に笑った。

一ノ宮はふたつの有名私鉄とＪＲが連絡するターミナル駅だ。周辺には多数の専門店が入ったショッピングセンターや百貨店が林立している。さぞかし競争も激しいことだろう。

§§§

僕らが乗ってきたローカル線の駅は地下にあり、電車を下りると、さっそく地上へと出た。

「さて、まずはどこに行きますか？」

大きなスクランブル交差点を前にして、僕は佐伯さんに尋ねた。

前も横も、対角線上にも、どちらに渡っても何かしらあるので、買いものには困らないだろう。おそらく一ノ宮で最も人通りの多い場所がここのはずだ。

「とりあえず目の前にあるデパートに入ってみようかな。弓月くんはいいの？」

「僕は今のところ、特に行きたい場所はありませんから。今日は君につき合いますよ」

通りがかりに何か目を引くものがあれば、程度には思っているが。

「ふうん。女の子の買いものにつき合うのって、けっこうエネルギーいるよぉ？」

「覚悟してますよ」

まさかテレビやマンガのように、両手いっぱいの紙袋や山積みの箱を持たされたりはしないだろう。それにそれこそ多少の荷物持ちくらいは覚悟している。

「じゃ、行こっか」

ちょうど歩行者用の信号がいっせいに青になり、僕らは横断歩道を真っ直ぐ前へと渡った。


自動ドアをくぐり、百貨店へと足を踏み入れる。

佐伯さんはエレベータの脇にある各フロアの案内を見て、

「いちばん上の催事コーナー、かな」

と、さっそく目的地を明確にした。

「何があるんですか？」

「さぁ？」

短い答えだった。

とりあえず行ってみるつもりなのか。それとも最上階から順に見ながら下りてくるつもりなのか。

僕らはエレベータへと乗り込んだ。

ほかにも大勢の人が乗っているため、会話は一時中断。黙って階数表示に目をやる。

こういった行動は心理学でいうところの『視線のエレベータ現象』で説明ができるのだそうだ。

エレベータ内で話が中断してしまうのは、同乗した他人に話を聞かれてしまうからという理由も当然あるが、極端に密接した状態で会話をすると親密度が上がってしまうので、それを避けるために話をしなくなるのだという。

それを考えると、先ほど電車に乗ったときに僕と密着しようとした佐伯さんは、逆に親密度を上げようとしての行動だったのかもしれない。

そして、皆一様に階数表示を凝視するという行為は、互いにパーソナルスペースを侵し合った狭い空間で、その息苦しさから早く解放されたいという気持ちがそういう行動になり、増える（或《あ》るいは、減じていく）数字を見て目的地に近づいている安心を得ているのだそうだ。


さて、各駅停車ならぬ、各階停車になったエレベータがようやく最上階に着くと、

「……」

そこは非常に華やかなフロアだった。

なるほど。こういうのは佐伯さんの言う通り、ひとつくらい季節を先取りしているら

しい。夏のものは春のうちから。ここだけひと足先に夏色一色。

——要は、特設の水着売り場だった。

「あれ、どうしたの、弓月くん」

佐伯さんが固まる僕の顔を覗《のぞ》き込《こ》みながら、意地の悪い笑みを浮かべて聞いてくる。

あぁ、この顔はここで何をやっているか知っていたな。

「本当に行くんですか？」

「行く」

きっぱり言ってくれた。

「昨日も言ったじゃない」

「確かに言ってましたけどね」

本当だとは思わなかった。

颯爽《さっそう》と売り場に向かっていく佐伯さんに、僕は渋々後を追う。彼女はまず、ディスプレイされたマネキンの前に立ち、それを仔細《しさい》に観察した。

「今年はこういうのが流行《はや》りなんだって。弓月くん、どう?」

「なぜ僕に聞きますか」

「や、弓月くんの好みかなと思って」

「この際、僕の好みはいっさい無視してください。僕は自分の好みを他人に押しつける気はさらさらありませんので」

どうせなら僕の意見など聞かず、いっそのこと存在そのものも無視してくれるとありがたい。

「こういうのって、えろいと思う?」

「なんて質問ですか……」

思わず顔に手を当て、嘆息してしまった。あまりにもストレートすぎて呆《あき》れる。

「まぁ、真面目《まじめ》に答えると、所詮《しょせん》はマネキンですからね、無機質すぎていやらしさは感じません」

「じゃ、わたしが着たら?」

「それはノーコメントです」

僕は誤魔化《ごまか》すように、さらに言葉を継いだ。

「ついでに言うと、僕としてはマネキンよりもむしろ、売りものとしてハンガーに吊《つ》るされているもののほうが目のやり場に困りますね。新発見です」

人が着ていないもののほうが、見てはいけないものを見てしまったような気になるのかもしれない。

「ふぅん。そっか」

納得したように相づちを打つ佐伯さん。こんなことに納得されても、それはそれで複雑なのだが。

そうしてから彼女は、さらに売り場の奥に進んでいく。すでに逃げるタイミングを逸してしまっている僕は、後についていかざるを得なかった。どこを見ても水着ばかりなので、どこか一点を見ないようにしつつ、且《か》つ、きょろきょろしないように――という、そのあたりの加減が難しい。

そんな僕の心中などおかまいなしで、佐伯さんはアイテムを物色している。そして、何度かとっかえひっかえして手に取ったそれを、

「はい」

と、僕に渡した。

「ッ⁉」

思わず受け取って、声にならない悲鳴を上げる僕。

「それから、これとこれと、これも」

さらに彼女は次々と僕に押しつけてくる。

「なんで僕に持たせるんですか⁉」

「候補」

それはわかる。

「だからなぜ僕に持たせるのかと」

「あ、弓月くんの意見も聞いたほうがよかった？」

そして、無視。

明らかにわざとやっている。そろそろやり返したほうがいいのかもしれない。

「ほう。僕の意見、言っていいんですか？」

「え、えっと……あくまでも参考で、あまり過激なのはちょっと……。わたしもがんばってはみるけど」

怯《ひる》みながら何を言ってるのだろうか。

「そんな心配は必要ありませんよ。そうですね。君は学校で扱ってる一般的な水着で十分だと思います」

「む」

途端、佐伯さんは半眼で睨んできた。これにはご不満だった様子。尤も、狙《ねら》いはそこなので、そうでなくてはこちらも困るのだが。

「色気も何もあったもんじゃないですけどー」

「いいじゃないですか。背伸びはいけません」

「最近の高校生を舐《な》めるんじゃないと言いたい。……ん？　でも、スクール水着って、それはそれで……。弓月くんって意外とマニアック？」

「……」

どうやら生半可な反撃を試みた僕が間違っていたらしい。

§§§

昼食どきになり、僕らはショッピングセンターの地下にあるパスタの店へと入った。

「弓月くんがこんなお店を知ってるなんて意外。美味《おい》しいし、ちょっと暗めの照明もいい雰囲気」

佐伯さんがパスタの最初のひと口を食べてから、感想を述べた。

僕と彼女の前にはそれぞれカルボナーラとシーフードパスタが、そして、テーブル中央にはシーザーサラダの皿が置かれていた。因みに、時々店員が持ってくる焼き立てのパンは取り放題となっている。

「喜んでもらえて何よりです」

当然といえば当然だが、この店を選んだのは僕だった。

「あの人ときた？」

「……君はいやなところで鋭くなりますね」

確かにそうだ。前にここにきたときは、僕の前に宝龍さんが座っていた。十一月の土曜日、学校の帰りだったか。何を話したかまでは覚えていないが。

話があまり面白くない方向に向かいつつあるな。話題を変えよう。

「結局、どんなのを買ったんですか？」

「気になる？」

と、にんまり笑う佐伯さん。

「あれだけ騒いでおきながら、最後には僕が見てない隙《すき》に買ったみたいですからね。そういう意味では気になります」

そうなのだ。さんざん引っ張りまわされた後で、いきなり解放されたと思ったら、僕が売り場を離れて待っている間にとっとと買ってしまっていた。結局、僕は佐伯さんがどういうものをチョイスしたか知らないままだ。

「よかったら袋あけて見てみて」

「いやですよ、こんなところで」

僕はそこまで肝は据わっていない。

「家で？」

「……よく考えたら、それもいやですね」

「じゃあ、夏になってからのお楽しみ」

まぁ、結局そうなるのだろうな。

果たして、そんな機会はくるのだろうか。海かプールか知らないが、行くのなら友達同士で行ってもらいたいものだ。

「実はもう一着ほしかったりする」

佐伯さんは言いながら、手ではスプーンを上手に使って、パスタをフォークに巻き取っていた。

「もう一着？　ひと夏に二着も買うものなんですか？」

「ちょっと外では着れないような、過激なのがほしいかなって」

「……」

何かまた妙なことを言い出している気がするな。

「外で着れなかったら意味がないでしょう」

「外で着れなかったら家で着ればいいじゃない」

なんだその「パンがなければお菓子を食べればいいじゃない」と言った、マリー・アントワネットみたいなノリは。尤も、本当に言った言葉かどうかは怪しいようだが。

僕は木製の大きなスプーンとフォークでシーザーサラダを取りながら問う。

「家で着ても仕方ないでしょうが」


「えっと……水着プレイ用？」

「ぶっ」


さすがにこれには噴いた。食べている途中じゃなくて本当によかったと思う。

「家に水着エプロンの女の子がいるとか、ぐっときませんかっ」

「……知りません」

「わかった。エプロンの下はブラなしのトップレスで」

「知りません！」

「じゃあ、大サービス。ちょっとだけならお触りもアリで。もー、弓月くんったら意外とぇろいんだからー」

佐伯さんは顔を赤くして照れつつも、まんざらでもない様子で楽しげに笑っている。

「……僕には君が何を考えているか、さっぱりわかりませんよ」

まったく、隣のテーブルに聞こえたらどうするんだ。

「そんなに変なこと考えてるつもりないけどなぁ」

しかし、佐伯さんはスプーンの先を下唇に当てながら天井を見て、さも不思議そうにつぶやいた。

「たぶん、弓月くんと一緒」

「僕はそんな特殊なことは考えてませんよ」

「そう？　スキンシップとか触れ合うことで心も満たされたいとか、そういうのってそんなに特別なことじゃないんじゃない？」

そう言った佐伯さんはふざけている様子はなく、真面目に語っているように見えた。

「……まぁ、その点に関しては僕も同意しますよ。人間として当然の欲求と行為だと言えます」

それこそプラトニックを説いたプラトンもそこは否定していない。

「だからと言って、今の僕が、それも君相手にそこまで考えているかはまた別問題ですが」

「じゃ、夏までに」

「……」

夏までに何をどうしろと？

佐伯さんが言うと、どうにも不純なものを感じずにはいられないな。

やはり後で書店に行って、プラトンの本でも買ってくるとしよう。一足飛びにプラトニックな段階までいければいいが。

§§§

食後にミルクティを飲んだ後、買いものは午後の部へと突入した。

「次はどこに行くんですか？」

今、僕らは再び百貨店に入り、エスカレータで上へと向かっていた。他愛《たわい》もない話をしながら佐伯さんに合わせてここまできたが、次の目的地は決まっているのだろうか。

「ん。ここ」

そう言った佐伯さんはエスカレータを上がり切ったところで次には乗り継がず、少し進んで立ち止まる。

と、そこで彼女は腕を組んできた。

「何ですか、これ」

僕は絡み合った腕を見ながら尋ねる。

「腕を組んでみました」

「それは見ればわかります」

なぜこのタイミングで、と思う。まぁ、こんなことをしたまま買いものができるわけでもなし、すぐに外れるだろう。

そう思って顔を上げて、ようやく自分がどこにいるか把握した。

レディースのフロアにいるとは思ったが、ここは婦人服でもかなりベーシックなものを扱うフロアらしい。


——要するに下着売り場である。


「本当に行くんですか？」

「行く」

きっぱり言ってくれた。

このやり取りは午前中にもやった気がする。

「くるとき言ったじゃない」

「確かに言いましたけどね。というか、むりです」

僕はこの場から逃げようとしたが、あいにくと今は腕を組んでいる状態だった。しかも、佐伯さんは僕を逃がすまいと、さらにがっしりホールドしてきた。遅まきながらこのタイミングで腕を組んできた彼女の意図を理解した。

「離してください。僕は本屋でも行ってますから」

プラトン先生が僕を手招きしている気がする。……幽霊かよ。

「ダーメ。ちゃんと弓月くんの希望も聞いてあげるから。どんなのがいい？　ソング？ストリング？」

「そんな固有名詞を出されてもわかるわけがないでしょう」

いくら家族に妹がいても、そこまで詳しくはならない。

「えっと、ソングっていうのはヒップのほうの面積が小さいやつで、ストリングはサイドで紐《ひも》を結ぶやつ」

「説明しなくていいです！」

「因みに、わたしは両方持ってます」

こんな感じでやいのやいのと大騒ぎして、むりやり引っ張っていかれた売り場でもうひと騒ぎ。それを見ていた女性の店員さんが、必死で笑いを堪《こら》えていた。

確かに女の子の買いものにつき合うのはエネルギーがいるらしい。

特に精神面。

いや、もしかしたら佐伯さん相手だからかもしれないが。

この後もこんな調子でゴールデンウィーク二日目の午後は過ぎていき。

　家に帰るころには、僕はぐったり疲れ切っていた。

　果たして、そのお詫《わ》びなのか、或いは、ただ単に彼女の機嫌がよかっただけなのか、その日の夕食はいつもより少しだけ豪勢だった。

2.

　朝、部屋のドアがノックされた。

「グッモーニンッ」

と同時に、佐伯さんが飛び込んでくる。元気があり余っているのがよくわかる声だ。

「朝だよ、起きて」

ギシ、とベッドのスプリングが軋《きし》む。佐伯さんがベッドの上に手をついたのだ。きっと僕の顔を覗き込んでいるのだろう。

　そこで僕は返事ができないことに気がついた。どうやら眠りが深いらしい。意識で外部からの刺激を認識しているわりには、体が自由に動かないから反応ができないのだ。

「むー？」

　佐伯さんがうなった。普段ならこのあたりで返事のひとつもしている僕が、何の反応も示さないからだろう。

「せっかくこの前買った水着、着てるのに」

「ッ!?」


起きた。

それはもう一瞬で起きた。

起きて、そして、逃げた。上半身を起こし、ベッドの端、壁際まで後退した。

可能な限りの距離をおいて佐伯さんを見てみる。

と、彼女はいつも通りラフな部屋着姿だった。一部ラフすぎる部分があるのもいつも通り。正直、もう少し防御力を上げてほしいのだが、指摘できないまま今に至っている。

「あ、やっと起きた」

何ごともなかったかのようににっこり笑う佐伯さん。

「朝ごはんできてるから早くきてね」

そして、そう言い残して部屋を出ていった。

しばし呆然《ぼうぜん》としてから、僕は再びベッドの上に倒れ込んだ。

「気持ちが悪い……」

眠りの深いところから一気に目が覚めたのだ。体だってこんな酷な労働を強いられたら、不機嫌にもなるだろう。

そこで再びドアが開き、佐伯さんがひょっこり顔を出した。

「期待した？」

ちょっと意地の悪そうな笑みで問うてくる。

「……してません」

「なぁんだ。期待してるんだったら、今度本当にやってあげようと思ってたのにな～」

まるで僕の反応を試すような佐伯さんの声音。

「……」

「……」

僕は黙って部屋の外へと指さした。Get out、である。

佐伯さんは肩をすくめてから、踵《きびす》を返した。

§§§

朝食。

「今日はサンドウィッチにしてみました」

得意げに胸を張る佐伯さん。

確かに二人用のダイニングテーブルの中央には、大皿の上に山積みのサンドウィッチが載っていた。

「実はお昼もサンドウィッチなの」

「別にかまいませんよ」

作ってもらっている身で注文をつけるつもりはない。

さっそく淹《い》れたばかりのコーヒーとともに食べはじめる。サンドウィッチの中身は、ツナマヨネーズ、ベーコン《B》レタス《L》トマト《T》、タマゴなどなど。パンがローストされているものもある。これはこれで手間がかかっている。

「お母さんがね、サンドウィッチ得意なの。わたしのはその見《み》様《よう》見《み》真似《まね》」

「見様見真似でも、これだけできれば十分ですよ」

彼女のことだから家事の手伝いだってしていたのだろう。だとすれば、言葉通りの見様見真似ではなくて、しっかり横で技術を盗んだに違いない。

佐伯さんは嬉しそうに笑みを見せた。

「ゴールデンウィークの合間の平日って、いやになるよね」

それから最初のひと口を食べ、その出来栄えに自らも納得した後、そう切り出してきた。

佐伯さんの言う通り、今日はゴールデンウィーク真《ま》っ只中《ただなか》の平日。連休中にぽっかりと一日だけあいた谷間だった。彼女が弁当に手を抜きたくなるのもむりはない。

「そう言ってるわりには、朝から元気ですよね」

「わたし、朝は強いほうだから」

とは言うが、あれは強いなんてものを超えた元気に見える。むしろハイテンションだ。

「いやなら休めばいいじゃないですか」

少し突き放したような言い方になってしまった気がする。

「僕たちはお金を払って通ってるんですから」

「休むのも権利？」

「というよりは、自己責任でしょうね。勝手に休んだ日の授業はフォローしてくれませんから。……因みに、僕は休みたいからという理由で休んだことがあります」

「うわ。ツワモノ」

佐伯さんがおかしそうに笑った。

「でも、まぁ、やっぱり行く。なんだかんだ言って、学校は好きだから」

「それはいいことです」

一方、僕は学校に対しては、特に好きだとか嫌いだとかいった気持ちはない。きっとそれだからこそ、休みたいからという理由だけで休んでしまえるのだろう。

「変な上級生もいるしね」

「それは初耳です」

「なに言ってんだか。弓月くんに決まってるじゃない」

……まぁ、たぶんそうだろうとは思ったが。

§§§

学校へと向かう。

学園都市の駅と水の森高校を結ぶルートに合流すると、同じ制服の生徒の流れの中に見知った猫背を見つけた。矢神《やがみ》だ。

「おはようございます、矢神」

「え、あ、弓月君⁉　……お、おはよう」

後ろから追いつき声をかけると、彼は気を抜いていたのだろうか、非常に驚いた様子だった。ひとまず挨拶《あいさつ》を返してくるが、なぜか気まずそうに目を逸《そ》らしながらだった。

その後も言葉を発さず、ちらちらと眼鏡越しに僕の顔を窺《うかが》っているようだった。

「どうかしましたか？」

「え？　い、いや、何でもない。あの、僕、先に行ってるから」

慌てて誤魔化しつつ、矢神は早足で逃げるように先に行ってしまった。

後に残された僕は、さっぱりわけがわからなかった。顔に何かついているのだろうか。周りを見回しても、誰も僕のことなど気にした様子はない。ますますわからなくなった。

程なく学校に着き、昇降口では滝沢《たきざわ》と会った。

「おはようございます、滝沢」

「ああ、弓月か。今年はちゃんときたか。さすがに家が近いと違うな」

「……」

去年僕が学校をサボったことをしっかり覚えていたか。

こんなことを言って鼻で笑っても嫌味にならないあたり、彼の人となりのなせる業だろう。顔かもしれないが。

「ところで、矢神、通っていきましたか？」

「うん？　ああ、何か急いでるみたいだったな」

すでに靴を履き替えている滝沢は、横で僕を待ってくれていた。

「逃げてるみたいですよ」

「お前か。何をやったんだ？」

「何もやってませんよ。僕のほうが聞きたいくらいです」

僕も靴を履き替え、滝沢と並んで教室に向かいながら続きを話す。

ふと比較的重要なことを思い出した。

「休み中、妹がそっちに行ったんじゃないですか？」

「ああ、きたな。いきなり呼び出されて、喫茶店で奢《おご》らされたよ」

「すみません。もの静かなわりには、強引な性格をしているもので。きっと僕のことを、あることないこといろいろしゃべったんじゃないでしょうか」

僕はそれとなく探りを入れてみる。

連休の初日、いきなり訪れた妹に佐伯さんを見られてしまった。うちにきた後に滝沢のほうにも行ったはずなのだが、佐伯さんのことを彼に話したかが問題だ。もし話しているとしたら、どのように伝わっているのだろうか。

「お前に彼女ができたらしいな」

「……」

話したらしい。

「具体的には何と？」


「一年の佐伯君か」

「そんなことまで言ったんですか⁉」

最悪だ。

「いや、言ってない。俺が少しカマをかけてみただけだ」

「……」

……最悪だ。

「何かあるとは思っていたが、やっぱりそうだったか」

ふむ、と彼はひとり納得する。

「滝沢……」

「安心しろ。誰かに言うつもりはないよ。これ以上お前の信頼を損ねたくないからな」

「いや、そうじゃなくて、たぶん大きな誤解があるような気が……」

だいたいにして前提条件からして間違っているのだ。僕たちは彼氏彼女といった関係ではない。

僕は少し考えた末、切り出した。

「実は僕と佐伯さんの家が近くて、学校がはじまる前から顔見知りだったんですよ」

「なるほど。まぁ、そんなところだと思ってたよ」

滝沢は驚いたふうもなく、改めて納得した様子で小さく笑った。彼は僕と佐伯さんの疑わしい場面を何度も目撃しているので、この反応も当然と言えば当然か。

「だからと言って、俺にまで黙ってることはないいんじゃないか？　俺とお前の仲だろさそうだな。

「すみませんね。僕も複雑な心情なんですよ」

この調子だと宝龍さんにだけはおしえてあると言ったら、滝沢はあまりいい顔はしなさそうだな。

う」


やがて僕たちの行く手に教室が見えてきた。滝沢とともにドアをくぐる。

朝のショートホームルームまでにはまだ時間があった。登校するには早くもなく遅くもない。故に教室にいる生徒は全体の半数以下。特筆すべき光景としては、宝龍《ほうりゅう》さんの席に彼女と雀《すずめ》さんともうひとりクラスメイトが、集まってしゃべっていることくらいだろうか。

僕はそれを見て、おや——と思った。

宝龍さんも教室に入ってきた僕に気づき、ちらとこちらを見たが、すぐにまた視線をもとに戻した。

僕は滝沢と別れ、自分の席についた。制鞄《せいかばん》を机の横の床の上に置く。

「おはよう、恭嗣」

宝龍美ゆきだった。

「あぁ、おはようございます」

さっきまで席でしゃべっていた宝龍さんが、それを切り上げて僕のところにくるとは思っていなくて——不意を突かれた。

「どうだったの？」

空いていた前の席のイスに横向きに座りながら問うてくる。

「何がですか？」

「彼女とのデート」

と言う声のトーンは、内容のせいかやや低め。

「別に。いたって普通でしたよ。それと、あれはデートなんてものではありませんから」

「ふうん。そう」

彼女は笑みを含ませて相づちを打った。

「あの子が言ってたあれ、選んであげたの？」

「まさか。そんなわけないでしょう」

嘆息ひとつ。

確か宝龍さんだって本気にしていないと言っていなかっただろうか。

「そう、残念。恭嗣ってそういうとき、きちんと選んであげるのかそれとも慌てるのか、それを想像したら少し楽しかったわ」

「楽しまないでください、そんなことで」

因みに、後者だったが。

「ところで、何か気がつかない？」

そう言って宝龍さんは、机に両肘《ひじ》を突き、組んだ指の上に顎《あご》を乗せた姿勢で、僕を正面から見据えた。

「髪型を変えたことですか？」

ボリュームをつけたハーフアップの髪。まるでファッション雑誌から抜け出してきたみたいだ。ここまで様になる高校生もそうはいないだろう。

「気づいていたのなら何か言いなさい。……それで感想は？」

「よく似合ってますよ」

「嬉しいわ。でも、ありきたりね」

宝龍さんは僕を睨んだ。たぶんそのつもりはないのだろうが、目つきがきついので自然とそう見えてしまう。

「それとね、少しずつ部活にも出るつもり」

「部活？　文芸部ですか？」

そう言えば、彼女は文芸部員の名簿に名を連ねているが、まったくと言っていいほど何もしていないことを思い出した。

「それはいいことだと思います」

「そういう女って、どう?」

「どう、とは?」

質問の意味するところが理解できず、僕は思わず聞き返してしまった。

「見た目も悪くない、自分をコーディネイトすることも怠らない、成績もそこそこいい、加えて高校生らしくクラブにも出る。そういう女を恭嗣はどう思うのかしら、という意味よ」

「……」

ずいぶんと控えめな表現を選んだものだ。水の森で知らないものはないというクールビューティとは誰あろう目の前の彼女だし、成績は常にトップ。滝沢が万年二位だと嘆いていた。

それは兎《と》も角《かく》。

「……いいんじゃないでしょうか」

「あら、ずいぶんと淡白な反応ね。いったい何が足りないのかしら?」

いや、僕としては何か足りないどころか呆れるばかりのハイスペックぶりに、口からはそれしか感想が出ないだけなのだが。

「一緒にいる時間?　同じクラスなんだから、同棲《どうせい》してるあの子とだってそう変わらないはず――」

「ちょっと待ってください」

かたちのよい顎を指でつまみ、視線を落として何やら考えはじめた宝龍さん。それがどうにも望まない方向に向かっている気がして、僕は言葉を遮った。

「ひとつ確認させてください。……あなたは僕に好意をもったことなどない」

そして、僕も彼女に対して好意はもたなかった。

「そうね。でも、それも過去形かもしれないわ」

宝龍さんは意味深長なことを口にする。

冗談を言っているふうではない――が、彼女の場合、きつめの美貌のせいで冗談を言っても、そう聞こえないことが往々にしてある。――と自分に言い聞かせて、今は判断を保留にしておこう。

「いっそのこと、私も恭嗣に水着か下着でも選んでもらおうかしら?」

「ッ!?」

これにはぎょっとした。

「冗談じゃない。勘弁してください」

この前の佐伯さんのときにひどい目に遭ったばかりだというのに、また同じような目に遭わされてはたまったものではない。しかも、宝龍さんだって? 佐伯さんもスタイルがいいが、彼女はそれに輪をかけていい。確実に僕は死ぬ。

悲鳴にも似た嘆願。

すると、宝龍さんは突然くすくすと笑い出した。

「今わかった気がするわ。私が恭嗣を揺らすのに足りないのは、きっとこういう部分ね」

そう言ってまた可笑しそうに笑う。

対する僕は、不貞腐《ふてくさ》れたように頬杖《ほおづえ》をつき、投げやりな気持ちで彼女を見ていた。

3.

ゴールデンウィーク最終日――、

最後の休みである今日は、妹の襲撃を受けたり佐伯さんと遊びにいったりしたこれまでとは違い、非常にゆったりしたものだった。夕方になって初めて駅前のスーパーに出かけるために外出し、今はその帰り。

「それにしてもずいぶんと買いましたね」

ショッピングセンターを出たところで、僕は改めて自分の手の中にある荷物を見た。

大量の食料品。

レジ袋はひとつだが、目いっぱい詰め込んである。大雑把なことをしてしまったものだ。これならふたつに分けたほうがよかったかもしれない。数は増えても持ち運びやすかっただろう。

「明日から学校だから、お弁当のおかずとかもいろいろ買い込んどかないと。学校の帰りに寄ってもいいけど、遠回りになるしね」

「何が必要かおしえてくれたら、僕が行きますよ？」

僕はこの街を気に入っているので、多少の遠回りも平気だ。

「や、そこは、ほら、買いものはわたしの担当だから」

「そのわりには今、僕もつき合わされてるわけですが」

僕は荷物持ちなのだろうか。

しかし、佐伯さんは誤魔化すように白々しい笑いをもらすだけだった。

と、そこで僕の携帯電話がポケットの中で着信メロディを奏でた。あいている手でそれを取り出して見てみると、液晶には相手が宝龍さんであることが示されていた。

片手で端末を開き、電話に出る。

「はい」

『恭嗣？』

聞こえてきたのは温度の低い声。気の弱い人間なら思わず謝ってしまいそうだが、これが彼女のデフォルトだ。

『今から会えない？』

「今から、ですか？」

何とも唐突な。

かつて携帯電話が出回りはじめたころ、これが普及すると人は外へ出て他者と会うことが少なくなると懸念されたらしい。だが、蓋《ふた》を開けてみれば携帯端末の最も多い使用目的は、人と会う約束をすることだったという。

ところが昨今、ＳＮＳというコミュニケーションツールが発達しはじめて、スマートフォンとの親和性を見るに、遅ればせながら先の予言は現実となりつつあるのではないかと思う。

「その言い方だと学園都市にいるわけですね？」

僕はひとまず返事を保留にした。

『ええ、学校にきてたの。今は学校を出て八分から十二分といったところね』

「そうでしたか」

『後ろで聞こえる騒音の感じだと、恭嗣は外かしら？』

「当たりです」

『私の予想だと、かわいい彼女と買いものね』

なかなか鋭い。

『そして、今ちょうどふたりそろってショッピングセンターから出てきたところ。大きな買いもの袋をひとつ、恭嗣が持ってる。今の服装は――』

これにはぎょっとした。

さすがのホームズ先生もそこまで推理できるとは思えない。ということは、結論はひとつだ。

僕はあたりを見回し――見つけた。

少し離れたところで制服姿の宝龍さんが、携帯電話を耳に当てて立っていた。僕が気づいたのを見て、小さく手を振ってくる。

「趣味が悪いですね」

『私だもの』

お互いの顔をその目で見ながら、端末を通して話す。そのやり取りを最後に僕らは通話を切った。歩み寄る。僕の横には佐伯さんがいた。

「こんにちは、佐伯さん」

「こんにちは」

宝龍さんは余裕を含んだ微妙に挑戦的な笑みを浮かべて、対する佐伯さんは睨《ね》めつけるような視線を返しながら、挨拶を交わした。

なので。

「今日はまたどうして学校に？」

問うたのは僕だ。ほうっておいたら佐伯さんがずっとガンを飛ばしたままになりそうなので。

「この前言ったでしょ。部活に出てたの」

「なるほど。それで、どうでしたか？」

「矢神君にお薦めの本を聞いて、少し読んでみたわ。なかなか面白かったわね」

と、彼女は淡々と述べる。

この様子だと面白くても表情ひとつ変えずに読んでいたのだろう。本を薦めた矢神としては、気が気でなかったに違いない。

「それと文芸部員らしく、自分でも何か書いてみようと思うの」

「書くって、小説をですか？」

少し意外な気がして、僕は問い返していた。

「そうよ。書き方の本も矢神君に借りてきたわ。恭嗣、どう思う？」

「率直な感想を言うと――」

と、前置きする。

「あなたは何でもできる人ですからね、よくも悪くも教本通りに書いて、面白くないものができ上がりそうな気がします」

途端、宝龍さんは可笑しそうに笑い出した。

「鋭いわ。実は私もそうなるだろうと思ってるの。これは恭嗣を驚かすためにもがんばらないといけないわね」

そうして最後に微笑を僕に投げかけて、この話題を締《し》め括《くく》った。その言い方だと書き上がったら僕に見せてくれるのだろうか。いったいどんな小説が出てくるのか、楽しみにしていよう。

「ところで、見たところあなたたちは買いもののようね」

「そうです」

横で黙って威嚇の眼差《まなざ》しを放っていた佐伯さんが、ようやく口を開いて応じた。

「弓月くんと一緒に買いものにくるのは、わたしの楽しみのひとつですから」

「そう。羨《うらや》ましいわ」

「羨ましい？」

が、一転、不思議そうに問い返す。

「私は恭嗣と一緒にどこかに行くといったことを、あまりしなかったから」

同意を求めるように、宝龍さんは僕を見た。

「ですね」

「そうなの？」

「そうですよ」

一時期つき合っていたわりには、僕らは休日に会うようなことをしなかった。たまに金曜の帰りに一ノ宮に寄ったりしたくらいか。

「まぁ、お互いそういう気持ちは欠片《かけら》もありませんでしたから」

「そうね」

今度は宝龍さんが僕の言葉に同意を示した。

「でも、今の恭嗣なら違うわね。いろんなところに一緒に行ってみたいと思うわ」

彼女は誘うような、挑発するような目で僕を見た。その視線は攻撃的でありながら、吸い込まれそうな魅力があった。

「恭嗣だって、今の私ならと思うでしょう？」

「まぁ、そうですね」

それが彼女の迫力に圧倒されて出たものなのか、本当にそう思って言ったものなのか、自分でも判断がつかなかった。

「痛っ」

すると突然、脇腹をペンチのようなもので捻《ひね》り上《あ》げられた。もちろん、それは佐伯さんの指だ。

「帰ろ、弓月くん」

佐伯さんは僕の手首を掴み、ずんずんと歩き出す。

「怒らせたみたいね」

苦笑する宝龍さんに、僕は肩をすくめて応《こた》えた。

佐伯さんにも聞こえているだろうが、彼女は無言。

そのまま僕は、微笑みながら手を振る宝龍さんに見送られ、連行されていった。

§§§

次に佐伯さんが口を開いたのは、駅前の大きなスクランブル交差点で信号待ちをしているときだった。尤も、ここ学園都市はこれまで何度か言ったように、学生の登下校や社会人の通勤、帰宅など、いくつかの時間帯を外れると案外人通りは少ない。むしろ雰囲気は閑静な住宅街のそれに近いだろう。なので、スクランブル交差点と言っても、行き交う人の数は一ノ宮のようなターミナル駅のものとは比べるべくもない。はっきり言って、スクランブル交差点にする意味すら不明だ。

「わたし、あの人きらーい」

佐伯さんはまるで拗《す》ねた子どものようだった。

「あれでも性格が丸くなったほうですよ」

「そうなの？」

「まぁ」

僕が出会ったころの宝龍美ゆきというのは、美しくて聡明《そうめい》だが、常に一歩引いて、世のすべてを見下しているようなところがあった。きっと優秀すぎるのだろう。それが少しずつやわらいできたのは、ここ数ヶ月のこと。僕と別れた後くらいからだ。

「……今でも性格悪いと思う」

佐伯さんは口を尖《とが》らせた。実に率直な物言いである。

「それにまだ弓月くんのことが好きみたいな態度。もう終わったことのはずなのに」

「終わったこと、ね」

少し笑ってしまった。

それは端《はた》からは自嘲的な笑いに聞こえたかもしれない。そして、佐伯さんはそれを耳ざとく拾っていた。

「なに？」

「いえ、まぁ」

そこでちょうど信号が変わった。歩行者用の信号機がいっせいに青になり、待っていた人が縦、横、斜めに横断歩道を渡り出す。

僕は向こう側へ渡り切ってから続けた。

「終わったことどころか、はじまってもいなかったんじゃないかな、と」

「どういうこと?」

佐伯さんが首を傾げた。

どういうこと? と、彼女は問う。当然だ。こんな説明でわかるはずがない。

僕はため息をひとつ。


「昔の話をしましょうか」


「え?」

「君が知りたがっていた話ですよ」

「あ、うん……」

力なく返事をした後、佐伯さんはおとなしくなった。

さて、話そうか。

「まず最初に言っておくと、僕と宝龍さんはお互いのことを何とも思っていませんでした。好きだとも嫌いだとも、ね」

「……それ、本当なの?」

佐伯さんは横を向き、僕を見上げてくる。

「本当です」

僕はそんな彼女の問いにきっぱりと答えた。

「それがどうやったらつき合うことになるの？」

「簡単ですよ。彼女がそう言い出したからです」


あれは確か去年の夏休み明けだったか。放課後、一度下校した僕だったが、電車に乗る直前に忘れものをしたことに気づいた。引き返して教室に戻ると、そこにはもう誰も残っていなくて——中に這入《はい》ってドアを閉めると、教室は外界から隔絶された。

グラウンドの部活動の声は遠く、磨《す》りガラスの向こうの廊下を時折生徒が歩いていくが、この教室には見向きもせず通り過ぎていった。

これ幸いとばかりに、僕はこの孤独に身を委《ゆだ》ねることにした。

窓枠に軽く腰掛け、腕を組んで目を閉じていると、不意に教室のドアが開いた。——宝龍美ゆきだった。

このとき僕は、突然の彼女の登場にも拘《かかわ》らず慌てなかった。単純に宝龍さんの美貌に見惚《みと》れたのもあるが、それ以上に何かただならぬ雰囲気があったからだ。

互いの顔を見合うこと数秒——そうして彼女は言った。

「私とつき合って」

と――。

僕は言い返す。

「僕にはあなたに対する好意はありませんが？」

「私にもあなたに対する好意はないわ。……だからいいのよ」


「変なの」

佐伯さんがあまりにも率直な感想を述べる。

「確かにそうですね。でも、僕は興味深い思考だと思いました」

「天才と哲学者……」

ぼそっと、佐伯さん。

「何か言いたいことでも？」

「別に。……それでつき合うことにしたの？」

「しました」

お互いがお互いに好意がないのなら、それはゼロだ。もしどちらか一方でもプラスなりマイナスなりの感情を持っていたなら、僕はきっぱりと断っただろう。

だけど――ゼロ。

差し引きした解がゼロだったわけではなく、原点から微動だにしない、まごうことなきゼロ。それならばさしたる影響はないだろう。そう思って僕はそれを受け入れた。

そして、実を言うと、僕は宝龍美ゆきに好意はなくとも、少なからず興味はあった。

彼女は進学校である水の森に最優秀の成績で入学し、一年間それを維持し続けた。にも拘らず留年し、高校一年生という期間を二度繰り返したのだ。いったいなぜなのか？　僕はその理由、いや、彼女のその思考に興味があった。

「わかったの？」

「いえ、わかりませんでした」

何度かそれとなく聞き出そうとしたのだが、悉《ことごと》くかわされてしまった。宝龍さんのことだ、僕のその程度の企《たくら》みなどお見通しだったに違いない。

結局、わからずじまい。

そして、彼女が互いに好意を抱いていないにも拘らず、それどころか、それがいいとまで言って僕とつき合いはじめた理由も、最後までわからなかった。

「当然、そんな歪《いびつ》な関係が長く続くはずもなく、わずか三ヶ月足らず――クリスマスを前に終わりを迎えました。切り出したのは彼女のほうでしたね」

たぶんそのころの僕たちは興味がなさ過ぎたのだろう。お互いにも、異性にも、そして、男女交際そのものにも。宝龍さんの思いつき、或いは、何かしらの意図ではじめて、僕もそれに乗ってはみたものの、結局その体裁すら保つことができなかったのだ。

「前は弓月くんが振ったって言ってなかった？」

「それは噂《うわさ》です。勝手に広まって事実として定着した、ね」

当時流れた噂はふたつあった。

宝龍美ゆきが弓月恭嗣を振ったという説と、その逆。

前者はそのころの彼女の性格を考えると、非常にらしい真実味を帯びていた。反対に後者だと、あの宝龍美ゆきが捨てられたということで悲劇性があり、同情が集まった。

結果として定着したのは後者のほうだった。

しかも、いったいどこから仕入れてきたのか、僕の中学時代のことまで引っ張り出してきたのだ。僕の地元はこの学園都市から時間にして二時間の距離。同じ中学の生徒などいないはずなのに。

実は中学のころ、僕は少しばかりやらかしていた。

素行の悪い時期があったという程度なのだが、話には尾ひれ背びれがつき、実に面白おかしく脚色されていった。

この件もそうだし、僕と宝龍さんの件もそうだが——噂とは無責任なものであり、重要なのは話のネタとして面白いかどうかだ。広めたい話を広め、聞きたがる話を聞かせるそのシステムの前では、真実や本人の否定など何の意味もなさない。

中学のころの話は恥でしかないので、佐伯さんには伏せておくとして。

僕は前科者の烙印《らくいん》を押された上、今回もまた宝龍さんとつき合う幸運に恵まれながら三ヶ月で彼女を振ったひどい男として、その後しばらくどこへ行っても後ろ指をさされるようになったのだった。

「そんなわけで僕は学校ですこぶる評判が悪いです。君もあまり近寄らないようにしてください。巻き込まれますよ」

その急先鋒《きゅうせんぽう》が雀さんだ。あれから三、四ヶ月が過ぎ、多くの生徒はきっかけがあれば思い出す程度。すでに過去の出来事になりつつあるのに、彼女だけは怒りの炎が鎮火する気配がない。何ともパワフルなことだ。尤も、雀さんも根は悪い人ではないので、僕としてはその態度も微笑ましく見ているのだが。

「否定しなかったの？」

「しませんでした。面倒だったので」

というのは半分嘘だ。


先にも述べたように、噂というシステムは無責任、且つ、強大だ。大事なのは面白いかどうか。真実はこうだと声高に叫んだとて、それは盛り上がっているところに水を差すだけで、彼ら彼女らにとっては『面白くない』のである。よって、僕は早々に対抗することをあきらめた。

それに、僕は宝龍さんのことを考えてしまった。彼女の立場とか、『宝龍美ゆき』というブランドとか。

今いちばんホットな話題として囁《ささや》かれる噂は、前科者・弓月恭嗣の再犯と水の森が誇るクールビューティ・宝龍美ゆきの失恋、の様相を呈していて、真実である恋人ごっこやその失敗は、彼女の名を傷つける気がしたのだ。

だから、僕は黙っていることにした。

落ちるような名声もないし、あったところですでに地に落ちている。そもそも僕という人間はアイデンティティが希薄なのだ。これくらいがちょうどいいのかもしれない、などと自嘲的に思ったりもした。

「滝沢にも言ってない話です。君も黙っていてください」

「どうも納得いかないんですけどー。弓月くんだけが悪者みたいで」

と、佐伯さんは口を尖らせる。

「それも僕が決めたことですから」

僕がそう言い切ってしまうと、彼女は納得しかねる様子ながらも、口をつぐんだ。

「以上が去年のことの顚末《てんまつ》です」

だから、終わったことどころか、はじまりもしなかった話。

「そっか。ちょっと安心した、かな」

「何がですか？」

「弓月くん、自分で自分のこと悪く言ってたけど、やっぱり弓月くんは弓月くんなんだと思った」

僕が周囲の無責任な噂にわざわざ自分を合わせてきたのは確かだ。しかし、佐伯さんが僕のことをどう見ているかわからない以上、彼女の言葉には何とも答えようがない。

「あ。でも、あの人、またっていうか、今度こそ本気なんだよね？」

「さぁ、どうでしょう」

単にからかっているだけの可能性もある。僕をか、或いは、僕を通して佐伯さんをか。どういう心境の変化なのだろう。宝龍美ゆきはこのところ愉快な性格に変貌しつつあるようだ。


「もしそうだったら？」

「大変ですね」

「困る？」

「困ります」

「じゃあさ――」

と、佐伯さんは僕の前に回り込んだ。

「わたしのことが好きだって言っちゃえばいいじゃない」


「え……？」

思わず僕の足が止まる。

「ね♪」

微笑みひとつ。そして、彼女はくるりと身を翻し、先へ行ってしまった。

果たして、今のはどういう意味なのだろう。おそらくは宝龍さんにそう言って追い払

えということなのだろう。

でも、今の僕には、

『いいかげんに白状したら？』

そう言われた気がした。

僕は少しの間立ち尽くし、佐伯さんを追えなかった。

# 番外編　同棲生活三日目、佐伯さん



朝――、

ぱっちり目が覚めると、わたしはさっそく着替えをはじめた。

少し考え、タンクトップにショートパンツというラフなスタイルをチョイス。

長い髪をクリップで止めながら部屋を出ると、リビングはまだ暗く、無人だった。彼はまだ寝ている模様。カーテンを開け、ベランダに続く全面窓も開けて朝の空気を取り込む。

それから洗面所に行って冷たい水で顔を洗い、さっぱりしたところで鏡に映してみる。……うん。今日もかわいい！　と思う。

そうしてキッチンに戻ってくると、今度は朝食の準備に取りかかった。

まずは手早く生ハムとレタスでサラダを作る。それからオムレツ。ここにパンとコーヒーを添えれば軽めのモーニングプレートの完成となる。でも、一旦《いったん》ストップ。パンは彼が起きてから焼けばいいし、コーヒーはプロ（？）に任せよう。

なので、これでよし。

でも、よしじゃないことがひとつ。

それはまだ彼が起きてこないこと。

昨日も一昨日《おととい》も、朝食ができるころには起きてきた。でも、今日はまだ姿を見せない。すごく規則正しい人という印象なんだけど、そろそろ気が緩んできた？

どうしよう？　すぐに起きてくるかもしれないし、それこそ気が緩んでしまっているなら、まだとうぶん起きてこないかもしれない。

「……」

考えていても仕方がないので、わたしは彼の部屋の前に立ち——ノック。

「弓月《ゆみづき》くん？」

ドア越しに呼びかけてみる。けど、反応なし。

「弓月くん、入るよ？」

もう一度呼んでみてから、意を決してドアを開けた。

中は、当然だけど、まだ電気は点《つ》いていない。カーテンを通して差し込む朝の光だけが室内を薄く照らしていた。そして、ベッドの上には、彼。布団にくるまり、こちらに背を向けて体を丸めている。

「弓月くん、朝だよ。起きて」

もうここまできてしまえば、わたしも遠慮がなくなってくる。三度《みたび》声をかけながらカーテンを開ければ、朝陽《あさひ》が部屋を満たした。

弓月恭嗣《ゆきつぐ》くん。

それが彼のフルネーム。

起きているときも眠そうな顔をしていて、どういうわけか年下のわたしにも敬語や丁寧語で話す。まだ知り合って日が浅いからかもしれないけど、何となく誰に対してもこの話し方なんじゃないかと思っている。

そんな彼について最も言及すべきは、容姿や人となりではなく、三日前からここで一緒に暮らすことになった同居人という点だろう。

その弓月くんがようやく反応を見せた。寝返りを打ち、こちらを向く。

「……ーみ？」

まだ焦点の合っていない目でわたしを見――ひと言。

み？　みって何だろう？

と、思っていると――、

「うわあっ」

ようやく起きた。というか、飛び起きた。弾《はじ》かれたように上体を起こし、ベッドの上で背中が壁につくまで後退《あとずさ》る。

「そんなに驚かなくてもいいと思う」

失礼な――と、わたしは口を尖《とが》らせて抗議。

「すみません。まさか起こしにくるとは思わなくて……」

「あ、もしかして弓月くんって、寝顔を見られるのがいやなタイプ？」

「……別にそういうわけではありませんけどね」

弓月くんはやはり丁寧な口調《くちょう》でそう答えると、改めてわたしの姿を見て視線を逸《そ》らした。

心なしか顔が赤いのは、たぶん今のわたしの服装のせいだろう。昨日と一昨日のわたしは、もう少し普段着といった格好だった。そのままでもコンビニくらいなら行けそうな感じの。でも、今日は完全に部屋着。さすがにこれで外には出られない。まだノーブラだし。

とは言え、一緒に暮らす仲なんだから、これくらいは慣れてもらわないと。むしろ役得と思っておけば気楽だと思うのだけど。

「朝ごはんできてるよ。着替えたらすぐにきて」

「つまり、今日も君に作らせてしまったわけですね」

軽くため息を吐《つ》く弓月くん。

そんなこと気にしなくていいのに。こっちはこれくらい苦もなくやるのだから。

「大丈夫。コーヒーを淹《い》れるっていう大事な仕事が残ってるから」

そこは彼の役目。

彼にはそれなりに拘《こだわ》りがあるらしく、淹れてくれるコーヒーはとても美味《おい》しい。ここにきてからコーヒーはずっと任せっきりだ。わたしのお母さんが紅茶派で、やっぱり強い拘りをもっている。わたしも紅茶に凝ろうかと思っていたけど、コーヒーもいいかもしれない。

「わかりました。それくらいはさせてもらいましょう」

笑って言う弓月くん。

その返事に満足したわたしは、踵《きびす》を返して部屋を出た。

§§§§

その日の午前中、わたしにばかり食事を作らせてしまうことに耐えかねたのか、いいかげん当番をちゃんと決めようと弓月くんが提案してきた。

今はリビングのローテーブルをはさんで、その話し合いの真っ最中だった。

「じゃーん、けーん……」

かけ声はおなじみ、じゃんけん。

「ぽんっ」

結果は——。

「はい、またまたわたしの勝ちー。……じゃあ、洗濯もわたしということで」

「ちょっと待ってください」

でも、弓月くんから制止の声が上がる。負けが込んできてから抗議とは潔くない。

「さっき食事当番を取ったばかりじゃないですか」

「いいじゃない、やりたいんだから。そのほうが弓月くんだって楽ができるでしょ?」

どこに文句があるというのか。

「そもそもですね、僕の知っているシェアハウスと違います」

うん。弓月くんの言いたいことはわかる。たぶん彼は、自分のことは自分でするようなシェアハウスやフラットシェアをイメージしているのだろう。わたしも最初はこのリビングやキッチンを共用スペースと表現した覚えがある。

「せめて当番制でしょうに」

だいたいなんで勝ったほうがどんどん当番を取っていくんですか、と弓月くん。

「役割分担は公平であるべきです。洗濯くらい僕がしますよ」

「ふうん」

きらーん、とわたしの目が怪しく光る。

「じゃあ、弓月くん、わたしの下着とか手に取る勇気あるんだ」

瞬間、弓月くんは「う……」と言葉を詰まらせた。

だけど、怯《ひる》んだのも一瞬のこと。すぐにぎこちない口調ながら反論してきた。

「僕には君と同い年の妹がいますからね。そこまで耐性がないわけじゃないです」

あ、妹さんがいたんだ。それは初耳。

それはさておき――ほっほーう。わたしと妹を同列に語るか。ちょっと傷ついた。

「へぇ、そうなんだ。でも、わたし、学校で体育があるから無難なのも持ってるけど、基本的にオトナっぽいやつが好きなんだけどなぁ」

「……」

弓月くん、沈黙。

効果あり？　では、ダメ押しといこう。

「実は、ここだけの話ですが――」

わたしは内緒話をするかのようにわざと声のトーンを落とし、ローテーブルに身を乗り出して、心持ち顔を寄せる。

弓月くんの視線が、下、横へと順に動いた。たぶん前かがみになって緩くなったタンクトップの胸もとのせいだろう。ま、そこはサービスということで――わたしは核心を告げる。


「高校に上がった記念に、一着ぇろいのを買いました」

「すみません。やはり洗濯も君に任せていいでしょうか」


「……」

ちょっとは興味をもてと。

とは言え――かくして、わたしは勝利したのだった。

§§§

お昼は、晴れて食事担当となったわたしが堂々と胸を張って作り、午後からは買いものに出かける。

もちろん、買いもののもわたしの担当だったけど、弓月くんにおともをお願いした。それくらいさせてあげないと仕事がなくなって、いよいよ居心地が悪くなってしまうだろうから。

行き先は駅前のショッピングセンター。一階にはスーパーが入っているので、今後も食料品を買うのはここになるだろう。でも、今は先に上の階の雑貨コーナーを回ることにする。

「弓月くん、学校がはじまったらお昼どうするの？」

エレベータに乗ったところで、わたしは彼に尋ねた。

「たぶん学食でしょうね。去年までは家で弁当を作ってもらっていたのですが」

「ふうん」

と、相づちを打ちつつも、弓月くんのその言い方が少し引っかかった。普通は『母が』とか『お母さんが』とか、作ってくれた人を具体的に指さないだろうか。もしかして、お母さんがいない？

どうにもデリケートな話題になりそうなので、気になりながらも今は触れないことにした。

「佐伯さんは？」

「うん、わたしも学食」

の、つもりだったのだけど。

「ね、お弁当作ってあげようか？」

「佐伯さんがですか？」

思いがけない提案だったのか、とても当たり前のことを聞き返してくる。

「そう。ふたりいるんならお弁当を作るのもいいかなと思って。そのほうが安くあがると思うし」

「かもしれませんね」

そこで弓月くんは少し思案する。

その間にわたしたちは二階に着いた。

「じゃあ、君が手間でなければ、お願いできますか？」

「まーかせて」

そうやって素直にお願いされると、わたしとしても気持ちがいい。食事も洗濯も、最初からそうしてわたしに任せればよかったのに。往生際の悪い。

言っているうちに今度は雑貨コーナーに辿《たど》り着《つ》き、そのままレジャー用品売り場に足を向ける。

「だったら、お弁当箱を買わないとね。……大きさはこれくらい？」

「さすがに大きいです」

まずは大きさからと思い、ひとつ手に取って示してみれば、あえなく却下されてしまった。これが大きいとなると……と、別のものをピックアップ。

「じゃあ、これは？」

「無難ですね。というか、それでいいですよ。デザインも悪くないですから」

「あ、そう？」

何だかあっさり決まってしまった。少しは考えようよ。まぁ、弓月くんが気に入ったのならそれでいいけど。お弁当箱で悩む男の子というのも妙な絵面だし。

「じゃあ、わたしはこれにしようかな？」

ふと見ると、そばには同じデザインでひと回り小さいのがあった。わたしにはこれくらいがちょうどいい。どう？　とばかりに弓月くんに見せれば、

「……いいんじゃないでしょうか」

あ、顔が一瞬引《ひ》き攣《つ》った。……そうか。これじゃ『おそろい』だ。でも、まぁ、別に

いいか。一緒に食べるわけじゃないし。

と、思ったところで、小さな疑問がわいた。――弓月くんはどこの学校なんだろう？

「……」

とは言え、ここは学校がたくさん集まっている学園都市。わたしもすべてを把握しているわけではなく、それどころか自分の学校と看護師の専門学校があるというくらいしか知らない。たぶん聞いても知らない学校の名前が返ってくるだけだろう。

なので、頭をよぎった疑問は隅に追いやり、手に取った大小のそれをレジへと持っていった。

§§§

大小のお弁当箱と食料品を買ってアパートに帰宅。

夜になってリビングでテレビを観《み》ていると、不意に聞き慣れない振動音が耳に届いてきた。

何かと思えば、ローテーブルの上に置かれた弓月くんの携帯電話だった。

この手の携帯端末をわたしは持っていない。日本では女子高生の必携アイテムだと聞くし、わたしも持ったほうがいいのかもしれない。

弓月くんは、これからまだ本を読むのだそうで、キッチンで新しくコーヒーを淹れている。聞こえているようだけど、特に慌てた様子はない。

「出ていい？」

「もちろんダメです」

きっぱりはっきり断られた。

それから弓月くんはコーヒーを注いだマグカップとともにリビングに戻ってきた。端末表面の小さな液晶画面を見て、わずかに難しい顔をする。

「もしもし？　……ああ、少し待ってください」

電話に出てそう言った後、一度端末を耳から離し、マグカップと一緒に片手で待つ。そうして空いた手で自室のドアを開けて、その向こうに消えていった。

「……」

閉じられたドアを見つめながら、わたしは考える。——いったい相手は誰だろう？液晶に映った文字は漢字とひらがな混じりだった。『美』という字も入っていたように思う。たぶん、女の子の名前だ。

彼女？

だとしたら、わたしと同居なんてしていないか。

「ま、わたしには関係ない話、かな」

誰に聞かせるわけでもなくひとりそう言って、わたしは立ち上がる。

お風呂に入ろう。

まずは弓月くんの部屋をノック。返事はないけど、ひと呼吸おいてからドアを開ける。

「お風呂、先に入るね」

途端、弓月くんは見ているこっちが感心するような素早さで、二つ折りの端末をぱったんと閉じた。眠そうな顔をしているのに、そんな動きもできたのか。

「佐伯さん。こっちは電話してるんですから、行くなら黙って行ってくださいっ」

「ご、ごめーんっ」

わたしはくるりと体の向きを変え、逃げるようにお風呂へと駆け込んだ。……女の子と電話している最中に女の子の声が聞こえたらマズいか。しかも、お風呂とか言ってるし。

うん、確かに配慮に欠けていた。

§§§

お風呂から戻ってくると、弓月くんもリビングに出てきていた。

「弓月くん、お風呂――」

声をかけようとしたわたしの言葉が途中で途切れる。

弓月くんは座椅子《ざいす》の背もたれを少し倒し、腕を組んだままじっとしていた。最初は寝ているのかと思ったけど、その目はちゃんと開いていて、宙に向けられていた。

どこか遠くを見ているような目だ。

目の前にあるものを映しながら、でも、ここではないどこかを見ているかのよう。

何を考えているのだろう？　さっきまで電話していた彼女のこと？　わけありげなお母さんのこと？　その両方？　それとも、もっといろんなことを含めたぜんぶ？

初めて会った日からこうだった。時折弓月くんはこんな目をする。

――何となく。

――何となくわたしは、彼にそんな目をさせてはいけない気がした。

「弓月くん、お風呂あいたよ」

わたしは気を取り直し、努めて明るく、大きめのボリュームでそう声をかけた。

「あぁ、もうこんな時間ですか」

弓月くんがようやく座椅子の背もたれから体を起こした。

「って、なんて格好をしてるんですか……」

わたしの姿を見るなり焦り、呆《あき》れる。

その反応も当然で、今のわたしはバスタオル一枚を体に巻いただけの格好だった。タオルは体の最低限の面積を覆う程度。湿ってぴったりと張りついているせいでくっきりと体のラインを浮かび上がらせている。

「ちゃんと着替えを持っていってくださいと、前にも言ったでしょう」

「いやー、つい……」

実は弓月くんに怒られて逃げるようにしてお風呂に駆け込んだから、持っていくのを忘れたのだった。

弓月くんは頭痛でも堪《こら》えるかのように額に手を当て、深々とため息。

「前から思ってたんだけど——弓月くんって、こういう場面だと『ラッキー!』って思うよりも、逆に焦っちゃうタイプ?」

「まぁ、少なくともそういう図太さはないですね」

「ふうん」

なるほどなるほど。やっぱりそうか。

「そっかぁ」

というわけで、いいことを思いついた。

思わず悪い笑顔。

わたしはバスタオル一枚の格好のままフローリングの床に膝《ひざ》と手をつくと、四《よ》つん這《ば》いで弓月くんににじり寄った。

「……佐伯さん？　君の部屋はあっちですよ」

「うん、知ってる」

そして、あられもない格好で弓月くんに迫っていることもわかっている。わかっていてやっているのだ。

「あっ」

不意にわたしは声を発する。

「ど、どうしたんですか……」

「タオルほどけそう」

慌ててバスタオルを手で押さえる——と見せかけて、さり気なく胸を強調。

「っ⁉」

弓月くんの顔が恐怖に引き攣った。

「嘘《うそ》だけど」

硬直する彼の前で、わたしはいたずらっぽく舌を出してみせる。

「……佐伯さん」

「なに？」

「起立、回れ右。……とっとと部屋に戻りなさい」

「はぁーい」

仕方がない。今日はこれくらいにしておこう。

わたしは言われた通り立ち上がると、まるで遊び足りない子どものような返事をして、部屋に戻った。

§§§

夜中に喉《のど》の渇きを覚えて目が覚めた。

目覚まし時計を見てみれば、まだ日付が変わったばかりだった。

ベッドから降りると、素足にスリッパを履いて部屋を出る。

「眩《まぶ》し……」

リビングにはまだ灯《あか》りが点いていた。

「あ、弓月くんだぁ」

そして、彼の姿も。

弓月くんも喉が渇いたのだろう、キッチンでペットボトルの烏龍茶《ウーロン》をグラスに注いだところだったようだ。でも、なぜかこちらを見て固まっている。……ま、いいか。

「わたしもちょーだい」

「あ、はい……」

彼は呆気《あっけ》にとられたような返事をすると、手に持ったグラスをそのまま差し出してきた。今から自分で飲むところだったのだろうけど、ありがたくもらうことにする。

「ありがと……」

一気に飲み干し、グラスを返す。

「じゃ、おやすみぃ……」

「お、おやすみなさい……」

喉を潤したわたしは部屋に戻ってベッドに潜り込むと、再び眠りについた。

翌日、
弓月くんは朝から何か言いたげだった。

朝食のときから何事かを言いかけてはやめてを何度か繰り返した後、食後、ようやく切り出してきた。わたしが洗濯をしている最中、洗濯籠《かご》を持ってベランダに出ようとしているときだった。

「佐伯さん、君がどういう格好で寝ようが好きにすればいいと思いますが……そのままの姿で部屋から出てくるのはやめてもらえますか」

とても言いにくそうな弓月くんの声。

「うに？」

どういう意味だろう？

寝るときの格好？　わたしは、寝るときはよけいなものをつけない主義だ。ノーブラにパジャマのトップス。ボトムは穿《は》かないでショーツだけ。

それで部屋を出た？　ということは……、

「み、見たの⁉」

「いや、君がいきなりそんな格好で出てきたんですよ？　僕にはどうしようもありません」

言い訳のように言葉を重ねる弓月くん。

わたしはおもむろに、ばったり、と床に崩れ落ちた。

「その様子だと……まさか君、覚えてないんですか？」

「覚えてない……」

でも、おぼろげながらそんなことがあったような気がする。

たぶんボタンは上からふたつは外していただろうし、パジャマの裾《すそ》からはチラチラと白い下着が見えていたはずだ。我ながらなんて刺激的な格好！

「弓月くんがどんな顔をしたか、見たかった……」

「そこですか……」

そう、そこだ。それなのにそこだけ覚えていなかった。

弓月くんはどんな反応をしたのだろう？　いつものように声にならない悲鳴を上げた後、寝ぼけ半分のわたしに注意したのだろうか。それともあまりのことに動きを止めたのだろうか。案外、胸とかナマ足をチラ見してたんだったりして。見たかった……。

とは言え、すんだことを悔やんでも仕方がない。こういうときこそ前を向かねば。――わたしはむっくりと体を起こした。

「こ、今夜っ」

振り返り、言い放つ。

「はい？」

「見てて。今夜はもっとスゴいのを――」

「僕は金輪際、君が寝た後は部屋から出ません」

わたしの発音を遮るようにして、弓月くんは固い決意の言葉を口にした。

だから、少しは興味をもてと。

女の子を前にしながら、その反応はない。

ちょっと腹が立った。

# あとがき

『佐伯《さえき》さんと、ひとつ屋根《やね》の下《した》　I'll have Sherbet! 1』を手に取ってくださり、ありがとうございます。

初めまして。九曜《くよう》と申します。

ネットやそれ以外の場所でわたしのことを知っている方もおられるかと思いますが、こうしてあとがきを書くのは初めてのことなので、やはり『初めまして』の挨拶《あいさつ》で書きはじめさせていただこうと思います。

さて、まずは何をおいてもお礼ですね。

この作品は『カクヨム』様で開催された第1回カクヨムWeb小説コンテストに出したもので、残念ながら大賞は逃しましたが、ありがたいことに特別賞をいただくことができました。こうして刊行に至ることができたのも、応援してくださった皆様のおかげです。この場を借りてお礼申し上げます。ありがとうございました。

前述した通り、あとがきを書くのは初めてで、正直何を書いていいかわかりません。

なので、無難に作品について触れたいと思います。

この作品は、えろい正統派ヒロインである佐伯さんが、主人公の弓月《ゆみづき》くんとコスチュームプレイをする機会を虎視眈々《こしたんたん》と狙《ねら》うお話、と思っていただければ概《おおむ》ね合っているのではないかと。少なくとも大きな語弊はあっても、致命的な間違いはないです。

そして、実はラブコメや学園ものの皮をかぶったファンタジー小説です。もう佐伯さんの存在からしてファンタジーですね。わたしはそう開き直りました。


この作品の刊行にあたって最も苦労したのは、もしかしたらタイトルかもしれません。

わたしが小説を書きはじめる際、タイトルと内容をリンクさせるよりも「このタイトルで書きたい！」という気持ちを優先させます。そのほうが気合いが入りますので。

そのタイトルがネット公開時の『I'll have Sherbet!』。でも、それが足枷《あしかせ》になりました。そのまま出したのではどんな内容かわからないし、変えてしまうとネットのときから読んでくださっている読者の皆さんが見つけられないし、と非常に頭を悩ませました。

担当さんと話し合った結果、じゃあサブタイトルをつけようという方針が早々に決まり、そこからいろんな案が出ました。ド直球で中央突破をはかるようなものからはじまり、『○○な弓月くんと××な佐伯さん』といったものに辿《たど》り着《つ》き――そこでわたしたちは気がつきました。「これ、弓月くんいりませんよね？」「いりませんね」と。

真理に到達した瞬間でした。

こうして今のようなタイトルになった次第です。どうぞ皆様、弓月くん、佐伯さんとともに、末永く愛してやってください。

では、最後に謝辞を述べさせていただきたいと思います。

イラストを手掛けてくださったフライ様。素敵な絵をありがとうございました。初めて佐伯さんのキャラデザを見た瞬間、何かすごいものを見てしまった気がして思わずウィンドウを閉じてしまいました。本気で。それから担当の川崎様。こんな作品を拾ってくださり、本当にありがとうございました。「こまけぇこたぁいいんだよ」みたいなアドバイスにどれだけ救われたことか。また、デザイナーさんや校正さん、そのほか刊行に携わった出版関係者様に、心よりお礼申し上げます。ありがとうございました。

それでは皆様、またお会いできること願って。

二〇一七年一月　九曜

「I'll have Sherbet! 1」

イラスト担当できて、
大変光栄です。

ありがとうございました！

クライ

■ご意見、ご感想をお寄せください。……………………………………………………………
ファンレターの宛て先
〒102-8078　東京都千代田区富士見1-8-19　ファミ通文庫編集部
九曜先生　　フライ先生

■QRコードまたはURLより、本書に関するアンケートにご協力ください。……………………

https://ebssl.jp/fb/17/1576

- スマートフォン・フィーチャーフォンの場合、一部対応していない機種もございます。
- 回答の際、特殊なフォーマットや文字コードなどを使用すると、読み取ることができない場合がございます。
- お答えいただいた方全員に、この書籍で使用している画像の無料待ち受けをプレゼントいたします。
- 中学生以下の方は、保護者の方の了承を得てから回答してください。
- サイトにアクセスする際や、登録・メール送信時にかかる通信費はご負担ください。

FBファミ通文庫

# 佐《さ》伯《えき》さんと、ひとつ屋《や》根《ね》の下《した》
I'll have Sherbet!《アイル ハヴ シャーベット》 1

く7
1-1
1576

2017年2月28日　初版発行
2017年5月20日　第2刷発行

著　者　九《く》曜《よう》
発行人　三坂泰二
発　行　株式会社KADOKAWA
〒102-8177 東京都千代田区富士見2-13-3
電話 0570-060-555(ナビダイヤル)　URL:http://www.kadokawa.co.jp/
編集企画　ファミ通文庫編集部
担　当　川﨑拓也
デザイン　かがやひろし
写植・製版　株式会社オノ・エーワン
印　刷　凸版印刷株式会社

〈本書の内容・不良交換についてのお問い合わせ〉
エンターブレイン カスタマーサポート　0570-060-555（受付時間 土日祝日を除く 12:00〜17:00）
メールアドレス：support@ml.enterbrain.co.jp　※メールの場合は、商品名をご明記ください。


ISBN978-4-04-734499-0 C0193

定価はカバーに表示してあります。